Louise von Siebenthal-Raaflaub, Hutmacherin * 1868 † 1961

Jakob III «Kobi» von Siebenthal, Ehemann von Hutmacherin Louise * 1870 † 1896

Robert Steffen, Sohn
* 1878 † 1923

Carl Reichenbach, Grossrat
* 1846 † 1916

Aline Steffen, Tochter
* 1883 † 1972

Benz Steffen jun., Sohn
* 1887 † 1965

Hans Reber, Arzt
* 1877 † 1945

Prof. Dr. Wilhelm Hadorn, Pfarrer
* 1869 † 1929

Gottfried & Andrea
von Siebenthal

Madame GSTAAD

Historischer Roman

WEBERVERLAG.CH

INHALT

	Vorwort	7
1865	Der Brief	13
1865–1867	Die Stadt am See	19
1867–1873	Eine andere Welt	23
1873	Abschied von Paris	29
	Die Rückkehr	34
1874–1876	Die Liebe	38
1876–1894	Der Tod	42
1894–1898	Es muss weitergehen	46
18. Juli 1898	Eine Katastrophe bahnt sich an	54
19. Juli 1898	Das Dorf brennt	57
1898	Verzweiflung	64
	Tod in der Zelle	70
	Der Fluch	76
	Böse Zungen	80
1896–1899	Die Hutmacherin	83
1899	Das neue Haus	90
1903	Tod des Bruders	102
1905	Die Eisenbahn kommt	105
	Eine neue Zeit bricht an	112
1906	Widerstand kommt auf	118
1905–1910	Die Familie	121
	Das Dorf entwickelt sich	131
1913	Die Elsässerin	137
1906–1913	Roberts Traum	142
1913	Das Palace wird eröffnet	148
	Die Schule des Königs	154
1914	Der Nachfolger	159
1914–1918	Der Preis des Krieges	165
1918–1922	Lebensabend	169
1922	Alt und müde	171
	Anhang	175
	Glossar	177

Wir tragen in uns
die Menschen,
die vor uns da waren.

VORWORT
von Gottfried von Siebenthal

Als ich im Alter von zwölf Jahren auf dem Estrich unseres Geschäftshauses eine Schuhschachtel voller alter Postkarten und Fotos entdeckt habe, war dies der Beginn einer grossen Leidenschaft. Diese Bilder und die Geschichten, die sie erzählten, haben mich seither nicht mehr losgelassen und ich begann, diese eifrig zu sammeln. Auch sog ich die Geschichten aus früheren Zeiten, welche mein Vater (Gottfried III.) oft erzählte, in mir auf. Vor allem die Gegebenheiten rund um den Dorfbrand, welcher unsere Familie so stark geprägt hat, haben mich unglaublich fasziniert. Den wahren Grund der Brandstiftung hat damals aber scheinbar niemand mehr gekannt.

Erst viel später, anno 1992, habe ich endlich die wahren Hintergründe des Dorfbrandes erfahren. Als ich anlässlich des 120-Jahr-Geschäftsjubiläums in den Schaufenstern eine Ausstellung mit vergrösserten, alten Fotos der Familiengeschichte gemacht hatte, kam eines Tages eine alte Dame ins Geschäft und sagte, dass auf einem der Bilder ihre Mutter und Grossmutter abgebildet seien. Die Dame hat sich dann als Margrit Feldmann-Beck aus Bern vorgestellt. Sie war die Tochter von Emilie Beck-Steffen und damit die Grosstochter der legendären Emilie Steffen-von Siebenthal, von welcher das vorliegende Buch handelt. Ebenfalls war sie somit eine Cousine meines Grossvaters.

Margrit war bei unserer ersten Begegnung 90 Jahre alt, hatte aber ein unglaubliches Gedächtnis. Wir haben uns danach noch einige Male getroffen, und so habe ich von ihr viele Anekdoten und Geschehnisse aus Emilies Leben und dem alten Gstaad erfahren. Ich konnte es fast nicht glauben, dass mir nun endlich jemand begegnet war, welcher mir die ganze Geschichte des Dorfbrandes hatte erzählen können. Auch sie schien glücklich zu sein, die Geschichten, welche sie von ihrer Mutter und Grossmutter oft gehört hatte, endlich mit jemandem teilen zu können, der sich dafür brennend interessierte.

Margrit war die Witwe von alt Bundesrat Markus Feldmann aus Bern. Dies hat sie mir gegenüber jedoch niemals erwähnt, dafür war sie viel zu bescheiden. Ihre freundliche Art und ihr phänomenales Gedächtnis haben mich sehr beeindruckt und ich habe sie in bester Erinnerung behalten. Hätte ich Margrit Feldmann nicht kennengelernt, so hätte auch sie die Geschichte vom Dorfbrand mit ins Grab genommen, so wie all die anderen Gstaaderinnen und Gstaader, welche die Katastrophe miterlebt hatten; es gab ja sonst keine Aufzeichnungen über die tragischen Hintergründe des Brandes.

Viele der Fotos in diesem Buch entstammen dem Fotoalbum meiner Urgrossmutter Louise von Siebenthal-Steffen; dem einzigen Gegenstand, welchen sie damals aus dem brennenden Haus hatte retten können. Die meisten der darin abgebildeten Personen waren mir lange unbekannt, bis Margrit Feldmann sie hat identifizieren können.

Eine wichtige Rolle in meinen Ermittlungen spielte auch Irma Steffen-Fricker, die Witwe von Willy Steffen. Willys Vater war Robert Steffen, ältester Sohn von Emilie Steffen-von Siebenthal und Erbauer des Palace-Hotels. Von ihr habe ich Roberts umfangreiche Korrespondenz (über 3500 Seiten!) geschenkt bekommen, beginnend im Jahre 1907, als Robert angefangen hatte, die ersten Landparzellen für sein Hotelprojekt zu kaufen, bis zu seinem frühen Tod im Jahre 1923. Diese Korrespondenz war für mich ebenfalls eine ausserordentliche Quelle für meine Geschichts-Nachforschungen. Ohne diesen sehr detaillierten und umfangreichen Fundus wäre ich wohl nicht in der Lage gewesen, die Gstaader Geschichte in diesem detaillierten Ausmass erforschen zu können.

Seit meinen Kindheitstagen habe ich tausende Fotos und Postkarten gesammelt sowie unzählige Anekdoten und Geschichten der alten Dorfbewohner auf meiner Schreibmaschine aufgeschrieben. Viele dieser Geschichten fliessen nun in der vorliegenden Erzählung zusammen. Ich wünsche mir, dass mit diesem Buch die Lebensgeschichte von Emilie Steffen-von Siebenthal und ihrer Zeitgenossen sowie die Geschehnisse rund um den Dorfbrand nicht in Vergessenheit geraten und weitergegeben werden.

Gottfried von Siebenthal-Imhof
Im Jahre 2022

VORWORT
von Andrea von Siebenthal

Als mein Vater vor zwei Jahren mit der Idee eines Romans an mich herangetreten ist, war ich zuerst skeptisch; weder er noch ich hatten jemals einen Roman geschrieben. Doch die Geschichten unserer Vorfahren und des alten Gstaads waren durch seine Erzählungen, welche mich seit meiner Kindheit begleitet haben, in mein Blut übergegangen. Auch hatte ich vor einigen Jahren intensiv mit meinem Vater an der Redaktion und der Übersetzung seines ersten Buches, «Gstaad – Eine Reise in die Vergangenheit», gearbeitet und war so mit den verschiedenen historischen Figuren und Gegebenheiten vertraut.

Erst zögerlich, dann aber mit wachsender Begeisterung habe ich mich zu Beginn dieses Jahres an die Arbeit gemacht, das erste Manuskript meines Vaters zu überarbeiten und den historischen Figuren eine Seele einzuhauchen. Mir war es dabei von grösster Wichtigkeit, die Charaktere so authentisch wie möglich wiederzugeben und die Erzählung mit grösstmöglicher Faktentreue zu gestalten. So bin ich mit dem Bestreben, Emilies Lebensgeschichte würdevoll zu erzählen, an die Arbeit gegangen.

Dabei fand ich es einen schönen Gedanken, ein Buch über unsere Vorfahren zu schreiben, welche weitgehend in Vergessenheit geraten sind, welche jedoch vieles erlebt und bewegt haben. Vor allem fand ich es auch schön, einer starken Frau eine Stimme zu geben, welche zu ihren Lebzeiten als Witwe ohne Schulbildung eigentlich keine Stimme hatte, und die damalige Zeit durch ihre Augen dem Leser näher zu bringen.

Ich bin sehr stolz auf das Ergebnis dieser schönen Zusammenarbeit mit meinem Vater. Möge die Geschichte von Emilie und ihrer Zeitgenossen auch die Leser so berühren, wie sie uns berührt hat.

Andrea von Siebenthal
Im Jahre 2022

Der Brief

Es muss Januar gewesen sein. Draussen lag Schnee, und in der dunklen Stube unseres winzigen, verwitterten Holzhauses stand noch der Christbaum – klein und hager. Es sollte meine letzte Weihnacht in meinem Elternhaus gewesen sein. Doch damals, an eben diesem Januartag, wusste ich von alledem noch nichts.

Noch vor dem Mittagessen kam mein Vater freudestrahlend ins Haus. In der Hand hielt er einen Brief: «Karl hat uns geschrieben!», rief er Mutter zu. Diese war gerade damit beschäftigt, die Windeln der Kleinen auszukochen. Eine Arbeit, die ich ihr oft abnahm, da sie mit den vielen Kindern, dem Haus und Garten stets alle Hände voll zu tun hatte. Wir waren 14 Kinder und ich und meine Schwestern mussten meiner Mutter stets helfen, die jüngeren Geschwister zu versorgen.

Eine einfache Familie wie die unsere bekam selten Post. Und wenn, dann höchstens von Verwandten, welche wie viele Leute aus der Region anderswo ein besseres Leben gesucht hatten und welche nun schrieben, wie sie ein neues Daheim gefunden hatten. Viele waren an den Genfersee, nach Paris oder gar Amerika ausgewandert. Ihre Briefe klangen jedoch oft traurig, und

ich fragte mich insgeheim, ob es den Leuten in der Ferne wirklich besser ging als hier. Es musste also schon etwas Besonderes sein, dass wir heute Post bekamen.
Karl! Ein warmes Gefühl überkam mich – mein grosser Bruder! Wie sehr ich ihn doch vermisste. Jubelnd kam die Kinderschar zusammen, und ich sah Mutter lächeln, was selten vorkam. Vater nahm auf seinem Stuhl zuoberst am alten Holztisch in der Stube Platz. Niemand von uns Kindern hätte es jemals gewagt, sich auf seinen Stuhl zu setzen. Dieser war für das Familienoberhaupt bestimmt und niemand anderen; da war Vater sehr streng. Er öffnete den Brief und las uns diesen mit seiner tiefen Stimme vor. Ich verstand von der Schriftsprache nicht viel, denn ich hatte die Schule nur während eines Jahres besuchen können; sie war zu jener Zeit noch nicht obligatorisch, wenigstens für die Mädchen nicht. Es ging damals vielen Mädchen gleich; zu Hause gab es viel Arbeit und die Eltern konnten nicht alles alleine bewältigen. Für eine Magd hatten die wenigsten Familien Geld, und so mussten die Mädchen zu Hause bleiben und mithelfen. So lernte ich nie richtig lesen und schreiben und Schriftdeutsch blieb für mich lange eine Fremdsprache, welche ich erst im Erwachsenenalter einigermassen verstehen würde. Auch meine Mutter verstand die Schriftsprache kaum, aber sie wagte nicht, Vater zu unterbrechen, wie er uns den Brief vorlas.
Das Wichtigste aber verstanden wir alle: Es ging Karl gut. Mein dritter Bruder war vor vier Jahren nach Genf gefahren, kaum dass er das 18. Altersjahr erreicht hatte. Ich erinnere mich noch genau an jenen Tag. Mutter hatte weinend vor dem Haus gestanden und Karl nachgewinkt, welcher mit Vater auf dem Pferdewagen ins Dorf fuhr. Das Dorf, das war damals Saanen. Gstaad, wo wir wohnten, war ja nur ein Weiler – kaum mehr als ein Dutzend Häuser gab es hier. Wenn jemand ins Dorf fuhr, dann musste das eine wichtige Angelegenheit sein. Die Mannen gingen dorthin zum Abstimmen, was uns Frauen nicht gestattet war. Wir hatten uns nicht in politische Diskussionen einzumischen – das wagte hier keine Frau. Nur an Markttagen

Jacob von Siebenthal und Maria Hauswirth,
Eltern der 14 Kinder.

durften wir dorthin. Und manchmal, wenn jemand gestorben war, durften wir mit dem Trauerzug bis zum Friedhof in Saanen mitgehen. Hinten, nach den Mannen. Und auch nur, wenn Vater einverstanden war, was selten der Fall war.

So waren Vater und Bruder Karl damals also davongefahren, und zurück war in meinem Herzen an ebendiesem Tag ein Wunsch geblieben, welcher sich nun bewahrheiten sollte: Auch ich wollte es meinem mutigen Bruder gleichtun und dieses armselige Heim verlassen. Denn unser Haus war eigentlich nur eine kleine Hütte. Nicht zu vergleichen mit dem prächtigen, grossen Bauernhaus der Familie Reichenbach weiter unten, welches reich verziert war. Wir wohnten zuhinterst im Tal, in der Ramschälen. Es war schattig dort, und unser Haus am stotzigen Bort gebaut. Verzierungen gab es darauf keine; auf dem dunklen Holz standen bloss in einfacher Schrift die Namen meiner Eltern, Jacob von Siebenthal & Maria Hauswirth. Es war ja üblich, dass die Erbauer des Hauses ihre Namen sowie die Jahrzahl des Baus auf die Fassade malten.

Es war nicht gerade einfach, hier zu leben, denn alles, was gebraucht wurde, musste hinauf- oder hinuntergetragen werden. Im Sommer hatten wir eigenes Gemüse und Äpfel, aber auch einen Birnbaum und Beeren im Garten und sogar einen kleinen Pflanzplätz, der Kartoffeln und etwas Gerste abgab. Vater besorgte eigene Ziegen und zwei Kühe sowie die Kaninchen, und doch reichte es nur knapp, um die Familie zu ernähren; denn meine Mutter hat nach mir noch neun Kinder zur Welt gebracht. Wir schliefen jeweils zu dritt in einem Bett, mehr Platz war im kleinen Haus einfach nicht vorhanden.

Meine Mutter hatte liebe Augen, welche jedoch oft traurig waren. Sie war still und fleissig – so, wie es von uns Frauen verlangt wurde. Irgendwie schien es mir, dass Frau Mutter – wir mussten unsere Eltern siezen, wie alle Kinder damals – versteinert war. Nur ihre Augen lachten manchmal, wenn Vater ein liebes Wort für sie übrig hatte. Ja, Mutters Augen. Die waren eigentlich das Einzige, was an Mutter lebendig schien. Sie sprach wenig und lachte selten. Und auch dies tat sie nur mit vorgehaltener

Hand. Vielleicht, um ihre Zähne zu verstecken. Sie hatte nämlich nicht mehr viele davon, zu viele Schwangerschaften und zu wenig gesundes Essen hatten diese morsch werden lassen. Vielleicht versteckte sie ihr Lachen aber auch, um nicht aufzufallen. Das lag nicht in ihrer Natur.
Ich erinnere mich an die Hände meines Vaters. Viel mehr noch als an sein Gesicht, welches in meiner Erinnerung mehr und mehr verblasst. Diese Hände erzählten von einem Leben der Entbehrung, welche auch die härteste Arbeit kaum zu lindern vermochte. Ledrige Haut und tiefe Furchen überzogen grobe Glieder, die von hunderten Jahren Arbeit zu erzählen schienen. Obwohl mein Vater damals, in diesem meinem letzten Winter daheim, kaum älter als 55 Jahre alt gewesen sein mochte. Und ich mag mich erinnern, wie diese groben Hände den Brief hielten, aus welchem mein Vater die Worte meines Bruders Karl vorlas, welche mein Leben für immer verändern sollten:

> *«Ihr sollt Emilie zu mir schicken. Sie muss unbedingt Französisch lernen. Falls sie wieder einmal nach Gstaad zurückkehren sollte, wird sie es brauchen können! Denn man hat mir gesagt, dass Gstaad bald von der Eisenbahn erschlossen werden wird und so Gäste anreisen werden, welche vor allem Französisch sprechen.»*

Ich, das zweitälteste Mädchen, sollte meine Mutter verlassen und nach Genf ziehen? Ich wusste ja nicht einmal, wo das lag. Ich wusste nur, dass es dort einen grossen See gab und die Leute dort ebendiese melodiöse Sprache sprachen, welche ich die Leute aus dem benachbarten Rougemont an Markttagen hatte sprechen hören und welche ich nun erlernen sollte. Mein Bruder Karl hatte an mich gedacht und wollte mir ein besseres Leben ermöglichen. Ich war so stolz auf ihn! Denn obwohl er nur drei Jahre älter war, war er für sein Alter doch sehr reif und wirkte auch erwachsen. Oder vielleicht war das auch nur für mich so, weil ich ihn so dafür bewunderte, den Mut gefunden zu haben, zu gehen. Portier war er geworden in einem grossen, sehr vornehmen Hotel in Genf. «Hotel des Bergues» hiess dieses Hotel und war direkt am See gelegen. Zimmermädchen würden sie brauchen dort; fleissige Mädchen wie mich, schrieb er.

Nachdem mein Vater den Brief vorgelesen und für uns ins Saanedütsch übersetzt hatte, sassen wir alle still um den Tisch. Nur meine kleine Schwester begann, leise zu weinen. «Emilie, nicht fortgehen.» Ich drückte sie fest an mich und wagte nicht, Vater anzusehen. Ich wusste, dass dieser grosse Entscheid nur ihm überlassen war. Da spürte ich plötzlich seine grosse Hand auf meiner Schulter und zuckte zusammen. «Emilie», sprach er. «Du sollst gehen dürfen. Du sollst es einmal besser haben als wir.» Dies waren die liebevollsten Worte, welche ich jemals von meinem Vater gehört haben sollte. Und obwohl ich spürte, dass mir der Abschied schwerfallen würde, wusste ich, dass ich gehen musste. Die Zukunft vor mir und ihre Versprechen waren stärker als die Kindheit hinter mir und die Last der Familie. Und so kam es, dass auch ich mit neunzehn Jahren das schattige Haus am Bort verliess.

Die Stadt am See

So zog ich, kaum war der Schnee geschmolzen, nach Genf. Im alten Lederkoffer, welchen ich zum Abschied von meiner Tante Anna bekommen hatte, befand sich alles, was ich besass: zwei Arbeitskleider, ein gutes Kleid, wie wir es an Sonntagen trugen, einen abgenutzten braunen Lodenmantel, Wäsche und eine kleine Holzfigur, welche mein Bruder Albert für mich geschnitzt hatte. Das Paar Schnürschuhe, welche ich trug, waren die einzigen guten Schuhe, die ich besass. Mutter hatte mir beim Abschied ihr Medaillon umgehängt, welches sie, so lange ich mich erinnern kann, immer auf sich getragen hatte. Dieses schlichte, silberne Kettchen mit dem ovalen Anhänger, auf welchem ihre Initialen eingraviert waren, war nun das Wertvollste, was ich besass. «So bin ich immer bei dir, meine liebe Tochter», hatte Mutter mir zum Abschied gesagt. Wir hatten uns still umarmt, und in dieser Stille lagen tausend Worte.

Ebenso wie damals meinen Bruder brachte mich Vater mit dem Pferdewagen nach Saanen. Dort half er mir in die Kutsche, welche mich nach Bulle bringen würde. Still stand er dort, seine grossen Hände tief in den Taschen seiner abgewetzten Hose vergraben. «Bhüet dy Gott», sagte er mir, und ich meinte, Tränen in seinen Augen zu sehen. Vielleicht aber waren es auch nur die meinen, die meinen Blick trübten. Ich konnte nicht ahnen, dass dies die letzten Worte sein würden, die er zu mir sprechen würde. Das war bestimmt auch gut so. Gewisse Geheimnisse, um die nur Gott weiss, sollen vor unseren sterblichen Augen besser verborgen bleiben.

Die Reise kostete ein kleines Vermögen, wofür mein Vater eine Geiss hatte verkaufen müssen. Aber anders wäre ich ja nie nach Genf gekommen, denn die Kutschenfahrt nach Bulle und der Zug nach Genf waren nichts, was sich einfache Leute wie wir hätten leisten können. In Genf holte mich mein Bruder Karl am Bahnhof ab. In seiner Uniform hätte ich ihn kaum wiedererkannt. In den vier Jahren, in welchen wir uns nicht gesehen hatte, war er vom Jungen zum Mann geworden.

Wie anders doch hier alles war! Die Häuser waren aus Stein und mehrere Stockwerke hoch, und auf den gepflasterten Strassen fuhren schöne Menschen in glänzenden Kutschen den See entlang, welcher mir unendlich gross erschien. Ich durfte bei Karl wohnen, wir teilten uns ein kleines Mansardenzimmer nicht weit vom Bahnhof. Dort war es laut und im Sommer stickig, aber wir waren zufrieden. Im Hotel Des Bergues arbeitete ich als Zimmermädchen, «femme de chambre» nannte man mich.

Am Anfang hatte ich furchtbares Heimweh. Dann berührte ich jeweils meiner Mutter Medaillon und schloss die Augen. Ich meinte dann, die Stimmen meiner Geschwister hören zu können und meine Mutter lächeln zu sehen. Das half mir über viele schwere Momente hinweg. Es war nicht einfach, mich an die neue Umgebung zu gewöhnen. Aber ich hatte ja meinen Bruder, welcher mir über die Anfangsschwierigkeiten half, so gut es ging. Abends, bei Kerzenschein, brachte er mir ein paar Brocken Französisch bei, welche mir sehr halfen, mich zu verständigen. Im Haus, in dem wir wohnten, war stets viel Lärm und Leute aus aller Herren Ländern, welche ebenfalls auf ein besseres Leben hofften wie wir, gingen hier ein und aus. Es war oft schwierig dort, denn es gab nur ein Badezimmer und auch sonst war es eng und schmutzig. Ich wusch unsere Wäsche und hielt unser Zimmer sauber, so gut es ging. Als mein Bruder

dann im darauf folgenden Jahr ein Mädchen aus Paris heiratete, Marie-Jeanne, zog er mit ihr in eine kleine Wohnung, und ich blieb alleine im Mansardenzimmer zurück.
Zwei Sommer kamen und gingen und ich begann, mich an das Leben hier zu gewöhnen. Ich mochte den See und die Art, wie das Licht darauf so schön schimmerte. Das war fast wie der Schnee bei uns zu Hause an einem sonnigen Wintertag. Im Hotel kam ich mit verschiedenen Gästen in Kontakt, manche waren nett, andere weniger. Aber ich gab mir Mühe, stets freundlich zu sein, denn ich erinnerte mich an die Worte von Vater: «Man muss mit den Leuten gut auskommen, denn es gibt keine anderen.»
In jener Zeit ist ein sehr vornehmes Ehepaar aus Paris im Hotel des Bergues abgestiegen. Mein Bruder Karl – mittlerweile wurde er von allen «Monsieur Charles» genannt – kannte diese Leute bereits von früheren Aufenthalten im Hotel. Er begrüsste sie herzlich und auch sie schienen sich zu freuen, ihn wieder zu sehen. Er erzählte ihnen, dass seine Schwester jetzt auch im Hotel arbeite und dass ich ab sofort als Zimmermädchen für ihre Suite zuständig sei. Die Suiten bestanden aus drei Räumen und waren damit so gross wie mein Elternhaus. Ich hatte schnell verstanden, dass ich im Hotel keine Fragen stellen durfte, und auch Karl riet mir, mich nicht von den schönen Kleidern und dem Schmuck der feinen Damen beeindrucken zu lassen. Er war stets sehr fürsorglich und wusste, was gut für mich war.
Die Gäste, Monsieur und Madame Haussmann hiessen sie, waren sehr lieb und besorgt um mich. Obwohl ich noch etwas Mühe hatte, mich fliessend mit ihnen zu verständigen, freundeten wir uns rasch an. Kurz vor Abreise nach ihrem dreiwöchigen Aufenthalt im Hotel fragten sie mich, ob ich sie nicht nach Paris begleiten und dort in ihrem Haushalt arbeiten wolle. Ich war damals einundzwanzig Jahre alt und Paris schien mir am anderen Ende der Welt zu sein. «Noch weiter weg von daheim», ging es mir durch den Kopf. Aber ich hatte Postkarten gesehen von dieser Stadt mit ihren grossen Boulevards und war fasziniert davon. Das Angebot kam für mich sehr überraschend.

Hotel des Bergues, Genf,
Foto ca. 1865.

Bruder «Charles» – ich nannte ihn unterdessen auch so, denn ich fand den Namen so lustig – hat mich in dieser Idee unterstützt. Auch meine Eltern konnte ich in einem langen Brief von dieser Idee überzeugen. Charles schrieb ihnen, dass er mir ans Herz gelegt hatte, dass dies eine einmalige Chance war, die ich mir nicht entgehen lassen solle. Die Meinung eines Mannes wog eben mehr als die einer jungen Frau wie mir. Mutter liess von Vater zurückschreiben, dass sie Angst habe, mich nie wieder zu sehen. «Irgendein Mann dort wird dir den Kopf verdrehen und Du wirst dort bleiben!», das war ihr grosser Kummer. Trotz ihrer Bedenken nahm ich das Angebot an.

Eine andere Welt

So liess ich also nach zwei Jahren die Stadt am schönen See hinter mir und reiste im Herbst 1867 nach Paris, genauer gesagt nach Fontainebleau in der Nähe der französischen Hauptstadt. An Bord eines riesigen Zuges, wie ich ihn noch nie gesehen hatte und welcher von einer Dampflokomotive gezogen wurde, verliess ich mein Heimatland. Die Reise in diesem ratternden, stäubenden Ungetüm schien mir unendlich lang, und mit jeder Stunde rückte meine Heimat in weitere Ferne. Die berglose Landschaft mit ihren unendlichen Feldern war so anders als das, was ich kannte.

Bei unserer Ankunft in Fontainebleau erschrak ich: Monsieur und Madame wohnten nämlich nicht in einem Haus, sondern in einem Schloss! Wahrlich, so etwas hatte ich in meinem Leben noch nie gesehen. Ich muss wohl starr vor Schreck dagestanden haben, denn die rundliche, kleine Dame, welche uns das Gepäck abnahm und sich später als Germaine vorstellen würde, machte sich über mich lustig, als sie mich in mein Zimmer führte. Sie spürte wohl, dass ich mir etwas verloren vorkam, und wollte mich aufmuntern. Tatsächlich machte es mir zu Beginn Angst, in so einem riesigen Gebäude zu wohnen, und ich dachte stets an Gstaad, an unser kleines, armseliges Haus am Bort. Ja, dies war wirklich eine andere Welt.

Haussmanns hatten fünf Kinder, die alle erwachsen und bereits ausgezogen waren. Ich hatte trotzdem genug Arbeit, denn das Haus hatte so viele Zimmer. Ich habe sie zwar nie gezählt, aber das Haus hatte drei Etagen und schien mir unendlich gross zu sein. Man war sehr nett zu mir und ich bekam gut und vor allem genug zu essen, was zu Hause nicht immer der Fall gewesen war. Germaine, die Gouvernante, schaute mich am Anfang ziemlich komisch an, da sie noch nie in ihrem Leben mit einer Ausländerin hatte arbeiten müssen; vor allem nicht mit einer, welche mehr schlecht als recht Französisch sprach. Da sie mich jedoch bald ins Herz schloss, lernte ich die Sprache rasch besser und wir freundeten uns an. Nach zwei Jahren sprach ich angeblich fast akzentlos Französisch, das jedenfalls sagte mir Madame, und ich war sehr stolz darauf.
Die älteste Tochter von Madame Haussmann, sie hiess Paulette, lebte mitten in Paris. Ein paar Monate nach meiner Ankunft nahm sie mich für ein Wochenende mit, um mir die Stadt zu zeigen. Ich konnte meinen Augen nicht trauen, so viele Kutschen und sogar von Pferden gezogene Trams gab es da! So viele Menschen auf einmal hatte ich bis anhin nie gesehen. Und erst die vielen grossen Geschäfte, die es dort gab. Die Schaufenster waren riesig, und darin standen bekleidete Puppen in den schönsten Kleidern, welche ich je gesehen hatte. Ich stand staunend davor und kam mir dabei elendiglich vor. Obwohl ich mein bestes Kleid angezogen hatte, war meine alte Sonntagstracht hier in Paris nämlich nicht wirklich das, was man als modisch bezeichnen würde. Meine Gedanken erratend, kaufte mir Mademoiselle Paulette kurzerhand ein neues, dunkelgrünes Leinenkleid, in dem ich mir sehr vornehm vorkam, und passende Stiefeletten dazu mit kleinen Absätzen. «Comme tu es belle!», wie schön du bist, meinte Paulette. Und tatsächlich, zum ersten Mal in meinem Leben empfand ich so etwas wie Stolz bei meinem Anblick; ein Gefühl, welches mir bis anhin fremd geblieben war.
Bei Haussmanns lernte ich, Speisen zu essen, welche ich bislang weder gesehen, geschweige denn gekostet hatte. Vieles war mir so fremd, dass ich mich zuerst daran gewöhnen musste;

wie Fisch, Muscheln und gutes Fleisch. Bei uns zu Hause hatte es ja immer nur Würste gegeben, und dies auch nicht oft, und an Weihnachten meist einen mageren Braten.
Einmal pro Jahr, jeweils zu Ostern, durfte ich mit Germaine für ein paar Tage in ihr Dorf fahren. Dieses lag eine gute Stunde Kutschenfahrt entfernt vom Schloss. Ostern war für sie, die katholisch war wie die meisten Leute hier, ein wichtiges religiöses Fest. So begleitete ich sie und ihre Familie an den Gottesdienst am Ostersonntag, «Sainte Messe» wurde dieser genannt. Dieses Zeremoniell befremdete mich sehr, vor allem, dass die Menschen ein Stück Brot assen, von welchem sie glaubten, es sei der Körper Jesu, konnte ich nie wirklich nachvollziehen. Aber ich war stets sehr beeindruckt von den goldbestickten Gewändern der Priester, vom Weihrauch und von den schönen Gesängen. Germaine stiess mich in die Rippen, damit ich mich wie sie im richtigen Moment hinknien und mich bekreuzigen würde. Sie wollte nicht, dass ich als Protestantin auffiel. Das Allerschönste an diesen unbeschwerten Tagen war jeweils das Familienfest nach der Messe, wo es reichlich zu essen und zu trinken gab und die Leute ausgelassen sangen und tanzten. Die Leute hier in Frankreich sprachen dem Wein nämlich sehr zu; es schien mir aber, dass dieser weniger schlimm war als der Schnaps, welcher bei uns in der Heimat getrunken wurde. Dieser hier machte die Leute lustig, jener dort die Mannen böse.
Müde, und manchmal mit etwas Kopfschmerzen vom Wein, sind wir dann am nächsten Tag wieder ins Schloss gefahren worden. Jules, der Kutscher, machte mir immer wieder schöne Augen, aber ich wollte dies nicht sehen und schaute beschämt in die weite Landschaft hinaus. Germaine sagte zu mir: «Mach dir keine Sorgen, kleine Emilie, das macht er mit allen Frauen so, daran wirst du dich gewöhnen.» Und in der Tat, mit den Jahren gewöhnte ich mich an die Blicke von Jules und auch an diejenigen der anderen Bediensteten, welche auf dem Anwesen arbeiteten. Dass ich schön sein könnte, kam mir dabei jedoch nie in den Sinn.
Im dritten Jahr nach meiner Ankunft wurde Paris von den preussischen Truppen belagert. Wir vernahmen, dass der Kaiser gefangen

Boulevard de la Madeleine,
Paris, ca. 1868.

genommen worden war. Wir haben uns daraufhin im Schloss eingeschlossen, denn viele Herrenhäuser sind damals von den durchziehenden Preussen geplündert worden. Auch herrschte in der Hauptstadt grosser Hunger; uns war dies alles aber Gott sei Dank erspart geblieben. Diese aufwühlenden Ereignisse haben mir Angst gemacht und ich habe mich in jenen unsicheren Zeiten oft nach meinem Daheim gesehnt. 190 000 Soldaten seien in diesem kurzen Krieg gestorben, sagte mir Herr Haussmann, welcher sehr patriotisch war. Er erzählte mir, die Schweiz habe 87 000 Soldaten der Ostarmee aufgenommen; in Schweizer Familien seien die halb verfrorenen und ausgehungerten Soldaten untergekommen. Herr Haussmann war voller Lob über die Schweizer und achtete mich, so schien es mir, danach noch mehr. Mir jedoch war die ganze Kriegstreiberei zutiefst zuwider und ich musste stets an die vielen jungen Mannen denken, die dabei elendiglich zugrunde gegangen sind. Auch Germaine verlor einen Bruder im Krieg und war untröstlich. Die Grausamkeit der Schlachterei und der Hass zwischen Nachbarvölkern war mir unverständlich - waren die Tränen hier und dort doch dieselben. Ich stellte mir die Trauer der Abertausenden von Müttern vor, deren Söhne nie mehr zurückkehren würden und die in fremden Landen, in fremder Erde irgendwo verscharrt worden waren. Diese Gedanken und Germaines Tränen brachen mir das Herz.

In diesen unsicheren Zeiten vermisste ich meine Heimat mehr denn je; wusste ich doch tief drinnen, dass ich nicht wirklich hierhin gehörte. Ich sehnte mich nach dem stillen Frieden der Berge. So war es das Schicksal, welches mich nach sechs Jahren in Paris unerwartet wieder nach Hause zurückholte.

Abschied von Paris

Eines Oktobertages im Jahr 1873, es war bereits kalt geworden, erreichte mich die Nachricht von meinem Bruder Gottfried in Gstaad, dass unser Vater im Sterben liege. Ich solle so rasch wie möglich nach Hause kommen, schrieb er. Ein Abgrund tat sich vor mir auf. Niemals hatte ich gedacht, dass ich meine Eltern nicht mehr wiedersehen könnte. Diesen Gedanken hatte ich stets weit von mir weggeschoben. Doch nun holte mich die Realität ein: Ich musste nach Hause gehen. Es war nicht einfach, dies der lieben Madame Haussmann beizubringen. Sie hatte aber Mitleid mit mir und hat eingesehen, dass sie mich weder zurückhalten konnte noch durfte. Ich zögerte nicht lange, denn ich wollte meinen Vater noch einmal sehen; wusste ich doch nur allzu gut um all die Arbeit und die Sorgen, welche Mutter nun bald alleine zu tragen haben würde.

Zu jener Zeit war der Tod kein Unbekannter. Fast jede Familie hatte eines oder gar mehrere Kinder verloren – «Gott ruft die kleinen Engel wieder zu sich in den Himmel», sagte man. So hatte auch ich zwei Geschwister verloren: Meine kleine Schwester Sophie war im Alter von acht Jahren den Masern erlegen, und mein Bruder Emil als Zweijähriger im Fieber gestorben. Die Todesursache hat man nie herausgefunden, aber es war seit diesem Ereignis, dass Mutter versteinert war. Wie durch ein Wunder kam sie aber im gleichen Jahr noch einmal in Erwartung und hat im Alter von 45 Jahren ein Mädchen geboren. Auch sie wurde wiederum Sophie genannt; damals war es nicht unüblich, den Namen eines verstorbenen Kindes einem nachfolgenden zu geben. Vielleicht half das den Leuten, die Leere des Verlustes ein wenig zu lindern. Das jedenfalls war der Fall mit unserem kleinen «Söfeli», wie wir sie liebevoll nannten. War sie doch anders als die anderen Kinder. Sophie war nämlich «mongoloid»[1)] zur Welt gekommen. Sie war unser aller Augapfel und hat viel Freude in die Familie gebracht. Und so wurde die Trauer, obwohl ein steter Gast, auch immer wieder von Freude überstrahlt.

Doch nun, wo der Tod erneut anklopfte und mich in meine Heimat zurückberief, veränderte sich mein Leben aufs Neue. Ich musste nach Hause gehen. Ob ich Vater wohl noch lebend sehen würde? Ich wusste es nicht, und diese Ungewissheit quälte mich sehr. Schweren Herzens verabschiedete ich mich von der Familie Haussmann, welche in all den Jahren ein wenig zu meiner Familie geworden war. Vor allem das Wissen, Germaine wohl nie mehr zu sehen, tat mir weh. Wie oft hatten wir gemeinsam gelacht, trotz der vielen Arbeit. Madame gab mir ein paar weiche, blaue Lederhandschuhe für meine Mutter mit, bei uns in der Schweiz sei es doch so kalt, da sei sie sicher froh darüber, meinte sie. Ich wagte ihr nicht zu sagen, dass meine Mutter diese wohl niemals tragen würde; zu schön und fein waren sie, um von einer einfachen Bauersfrau wie Mutter gebraucht werden zu können. Mir gab sie eine in Leder gefasste kleine Bibel mit, obwohl ich diese nicht lesen konnte; Französisch hatte ich ja bloss sprechen gelernt.

Germaine, welche mir über all die Jahre eine mütterliche Freundin geworden war, begleitete mich zum Bahnhof in Paris. Der Kutscher begleitete uns zum Zug und ich war froh, meine beiden Koffer nicht selbst schleppen zu müssen. In den sechs Jahren hatte ich doch einige Kleider von Madame bekommen und auch selbst welche genäht. Das Nähen hatte mir Germaine beigebracht; sie war nämlich sehr geschickt darin, die neuesten Kreationen, welche man auf den Strassen von Paris sah, nachzuschneidern. Germaine und ich umarmten uns zum Abschied lange und sie sagte mir, dass sie mir schreiben werde. Wir beide wussten, dass dies wohl nicht geschehen würde, denn weder sie noch ich konnten Französisch lesen oder schreiben. Ich sah sie noch lange vor mir, als ich Paris längst hinter mir gelassen hatte und die Landschaft langsam wieder zu der meiner Kindheit wurde. Es würde kein Zurück geben, das spürte ich.

Als ich in Genf eintraf, war bereits Abend. So ging ich zu meinem Bruder Charles, denn es war ja sowieso unmöglich, am selben Tag noch bis nach Gstaad weiterzureisen. Er wusste nicht, dass ich kommen würde; zu lange hätte die Briefpost gebraucht, um ihm meine überstürzte Abreise aus Paris rechtzeitig mitzuteilen. So ging ich auf dem kürzesten Weg ins Hotel des Bergues, wo ich ihn, wie ich es erhofft hatte, antraf. Er dachte erst, ich sei ein Gast, da ich einen schönen Hut trug, den mir Madame geschenkt hatte. Als ich mich ihm zu erkennen gab, stand er mit offenem Mund da und konnte es nicht fassen, wie sehr ich mich in den Jahren in Paris verändert hatte. Ich war zu einer Dame geworden.

Er erzählte mir, dass er und Marie-Jeanne glücklich waren, obwohl ihnen noch keine Kinder geschenkt worden waren. Unterdessen war er zum Rezeptionisten befördert worden, worauf er sehr stolz war und was auch ihren Lebensstandard etwas verbesserte. So wohnten die beiden in einer kleinen, sauberen Wohnung in einem ruhigen Quartier, wo ich auf der Couch schlafen durfte. Seine Frau war sehr erfreut, mit mir über Paris zu sprechen, die Stadt, in der sie aufgewachsen war und die sie zehn Jahre zuvor verlassen hatte, um in Genf als Haushälterin zu arbeiten. Ich zeigte ihr meine Kleider, welche Germaine geschneidert hatte, und sie war voller Begeisterung zu sehen, was in Paris zurzeit in Mode war. Wir erzählten uns, was in den vergangenen Jahren alles geschehen war. Charles war zwei Jahre zuvor erstmals seit seiner Wegreise wieder in Gstaad gewesen, um unseren Eltern seine Frau vorzustellen. Sie waren angeblich nicht sonderlich erfreut gewesen, da sie kein Wort mit Marie-Jeanne hatten sprechen können. Und so lachten wir herzhaft zusammen und genossen die wenigen gemeinsamen Stunden, welche uns so unerwartet geschenkt worden waren.

*Der Talboden von Gstaad,
Foto 1910.*

1873

Die Rückkehr

Ich war zurück in meinem Tal. Mit jedem Schritt, mit dem ich unserem Haus und meinem alten Leben wieder näher kam, wurde die Angst vor dem Unbekannten und doch Altvertrauten grösser. Ob Vater noch am Leben war und, wenn ja, ob er mich noch erkennen würde? Wie Mutter wohl aussehen würde, und erst Söfeli! Als ich das Haus am Bort erblickte, erschien es mir kleiner und elender, als ich es in Erinnerung hatte. Es wurde mir eng ums Herz. Hatte ich mich seit meinem Weggang vor acht Jahren so sehr verändert, dass mir mein eigenes Zuhause fremd geworden war?

Meine Mutter und Söfeli, welche nun zwölf Jahre alt war, hatten grosse Freude, mich nach so langer Zeit wieder zu sehen und in die Arme zu schliessen. Mutter war eingesunken, ihr Haar grau und ihre Haut fahl geworden. Das Leben hatte zu sehr an ihr gezehrt. Vater war noch am Leben. Er konnte jedoch das Bett nicht mehr verlassen und auch nicht mehr sprechen. Doch in den wenigen Momenten, in denen er aufwachte und das Fieber nachliess, hat er mich angesehen und ich meinte, ein Lächeln auf seinen Lippen zu erkennen. Er hatte mich wiedererkannt. Es war gut, dass ich zurückgekommen war.

Vater ist dann zwei Wochen später verstorben. Wir bahrten ihn, der Tradition gemäss, ein paar Tage im offenen Sarg bei uns in der kleinen Stube auf, damit die Verwandten Abschied nehmen

konnten. Mutter, in ihrer schwarzen Kleidung nunmehr einem Schatten gleich, sass den ganzen Tag neben seinem Sarg und betete. Ich hatte die Gebete, welche Teil meiner Kindheit gewesen waren, fast vergessen. Konnte es sein, dass ich in den Jahren in der Fremde so anders geworden war? Der strenge Gott meiner Kindheit spendete mir nun keinen Trost; diesen fand ich aber in der Natur und der Nähe von Söfeli, welche verloren schien, während meine Mutter von der Trauer heimgesucht wurde.
Trotz allem war es schön, nach all den Jahren wieder daheim in Gstaad zu sein und die Geschwister, Verwandten und alten Freunde wiederzusehen. Leider waren mittlerweile einige weggezogen oder sogar ausgewandert. Es herrschte damals überall grosse Armut und viele Leute waren gezwungen, wegzugehen. Es gab wenig Arbeit bei uns in den Bergen und oft mangelte es gar an genügend Nahrung, welche der kargen Natur abgerungen werden musste. Man erzählte mir von der grossen, 16-köpfigen Familie Hefti aus dem Turbach, welche ihr Haus und Gut verkauft hatte und die allesamt, von der Grossmutter bis zum Kleinkind, ausgewandert waren. Sie seien mit dem Schiff von Le Havre in Frankreich nach New York gefahren und hätten später einer Tante geschrieben, dass sie gut angekommen seien und jetzt Arbeit und eine Bleibe suchen würden. Nach diesem Brief hat man jedoch niemals mehr von Heftis gehört. Solche Geschichten gab es viele, und obwohl die Ungewissheit über das Schicksal von Angehörigen schwer zu ertragen war, waren die täglichen Sorgen und Nöte grösser, als dass man zu viele Gedanken daran hätte verschwenden können. Leute kamen und gingen, das war der Lauf des Lebens.

Älteste Gesamtaufnahme von Gstaad, ca. 1894.

Die Liebe

An einem lauen Frühlingsabend im Jahr nach meiner Rückkehr fand ein Tanzanlass im Landhaus im Dorf Saanen statt. Meine Schulfreundin Mädeli Müllener fragte mich, ob ich sie begleiten wolle, da es sich für ein Mädchen nicht ziemte, sich alleine an einem solchen Anlass zu zeigen. Ich war noch nie an einer solchen Veranstaltung gewesen und sagte freudig zu. Die Trauerzeit war nun vorbei, und ich durfte wieder farbige Kleidung tragen und mich an Festen zeigen. Ich zog ein schönes, blassgrünes Kleid an, welches mir Germaine geschneidert hatte. Dieses passe gut zu meinen grünen Augen, hatte sie damals gemeint. Die anderen jungen Frauen trugen ebenfalls ihre besten Kleider. Die eine oder andere wagte es gar, die steife Leinenbluse, welche bis oben geschlossen zu sein hatte, etwas offener zu tragen. Die jungen Mannen hatten sich auch herausgeputzt und trugen ihre besten Hosen und Hemden und strahlten um die Wette.

Kaum dort angekommen, wurde ich von einem jungen, gross gewachsenen Mann zum Tanz aufgefordert. Es war mein alter Freund aus Kindheitstagen, Benz Steffen. Wie sehr er sich doch verändert hatte. Es wurde mir ganz wohl ums Herz und ich glaube, dass es viel höher schlug, als ich ihn wiedersah. Er war inzwischen ein schöner Mann geworden und hatte immer noch

Emilie und Benz Steffen-von Siebenthal,
Foto ca. 1890.

dieselben dunkelblauen Augen, welche ich in all den Jahren in der Fremde nie vergessen hatte. Und so – wir waren ganz eingenommen voneinander – merkte ich kaum, dass er mir beim Tanz dauernd auf den Füssen herumtrampelte. Er war nicht gerade ein guter Tänzer, aber das war in diesem Moment auch gar nicht wichtig.

Benz war ein Jahr jünger als ich und sah blendend aus, was auch Mädeli festgestellt hatte und mich geradezu beneidete. Ein anderer Gstaader, David Böhlen, hatte ebenfalls ein Auge auf mich geworfen und wollte mit mir tanzen. Ich aber hatte nur Augen für Benz und habe so die Aufforderung von David dankend abgelehnt. So tanzten Benz und ich ununterbrochen, bis sie den Saal um Mitternacht schlossen. Meine Füsse taten mir dann so weh, dass Benz mich zu seinem Pferdewagen trug und mich nach Hause fuhr. Mutter, welche wach gelegen war, bis ich heimkam, hatte gesehen, dass ein junger Mann mich nach Hause gebracht hatte. «Es wurde auch langsam Zeit», brummte sie, als ich mich zu Söfeli ins Bett legte. In jener Nacht schlief ich mit einem Lächeln ein.

Benz und ich trafen uns von nun an, sooft es unsere Arbeit und Frau Mutter erlaubten. Benz war Bäcker geworden und arbeitete in der alten Bäckerei am Gstaadplatz, welche 1709 von Benz Reichenbach in Betrieb genommen und später von Benz' Grossvater übernommen worden war. Wir verbrachten zwei wunderbare Sommer zusammen, ehe wir 1876 heirateten. Ich war nun bereits dreissig Jahre alt und damit eigentlich schon eine alte Braut; viele meiner Freundinnen und auch meine Schwestern Elise, Maria und Charlotte waren schon verheiratet und die meisten hatten bereits Kinder. Geheiratet wurde in der grossen, majestätischen Kirche Saanen. Diese war eigentlich der Lebensmittelpunkt der Gemeinde, denn hier wurden sämtliche Bürger getauft, hier heirateten sie und hier wurden sie zu Grabe getragen.

Als wäre es gestern gewesen, ist dieser Tag in meiner Erinnerung. Es war ein wunderschönes Fest, an dem fast das ganze Dorf anwesend war. Ich trug, wie es die Tradition gebot, eine Festtagstracht und Korsett aus schwarzer Seide und einer goldfarbenen Schürze, die Schultern bedeckt von einem mit Glasperlen bestickten Seidenschal. Da ich mir ein solch teures Gewand nicht leisten konnte, hatte ich es von meiner Schwester Elise ausgeliehen, welche im Jahr zuvor geheiratet hatte. Dazu trug ich ein schönes Nuster[2)] und eine Brosche, welche Benz' Mutter gehört hatten. Und natürlich durfte das Medaillon meiner Mutter nicht fehlen. Benz trug, wie alle Bräutigame dazumal, ein «Halblinigs», also einen dunkelbraunen Anzug, dazu ein weisses Leinenhemd mit einem schwarzen Knoten und einer Weste. Noch heute sehe ich ihn, wie er vorne neben dem Altar steht und mich anstrahlt. So will ich meinen Benz für immer in meiner Erinnerung behalten. Denn die Jahre, die darauf folgten, sollten keineswegs von derselben Leichtigkeit geprägt sein.

Der Tod

Nach der Freude kam der Tod. Mutter starb wenige Monate nach unserer Hochzeit an einer schweren Grippe. Das harte Leben hatte ihr alle Stärke geraubt und nun hatte sie keine Kraft mehr, gegen die Krankheit anzukämpfen. So kam der Tod wie eine Erlösung über sie und sie begrüsste ihn wie einen altvertrauten Freund, welcher sie zu ihren geliebten beiden Kindern und Vater zurückbringen würde.
Auch die Mutter von Benz verstarb wenig später, ein paar Jahre nach ihrem Mann. So kam es, dass Benz und seine Schwester Louise das Haus am Gstaadplatz erbten, wo sich auch unsere Bäckerei befand. Louise Steffen hatte meinen Bruder Gottfried geheiratet, und so wohnten wir zwei Geschwisterpaare zusammen im selben Haus. Benz und ich wohnten im ersten Stock. Auch Söfeli lebte seit Mutters Tod bei uns; wohin hätte sie sonst auch gehen sollen? Bruder Gottfried und seine Louise lebten im zweiten Stock und betrieben das Ladenlokal rechts im Haus. Dort hatte Gottfried bereits vier Jahre zuvor seinen Eisenwarenladen eröffnet. Dieser ergänzte seine Schlosserei, welche er im dahinter gelegenen Haus betrieb, sehr gut. Benz und ich waren glücklich, die Bäckerei nun selbst betreiben zu können.
Zwei Jahre nach unserer Hochzeit wurde uns unser erster Sohn geschenkt, Robert. Niemals hätten wir gedacht, dass aus dem

Bruder Gottfried von Siebenthal
und Schwägerin Louise Steffen.

dunkelhaarigen, stillen Buben dereinst ein visionärer Hotelerbauer werden würde. Aber mehr dazu später. Die Familie wuchs rasch: 1879 kam unsere erste Tochter zur Welt, welche Benz – ihm gefiel mein Name so gut – ebenfalls Emilie nannte. Vier Jahre später folgte Aline und nochmals vier Jahre später der kleine Benz Junior. Ich wusste nun, was ich zu tun hatte, denn nebst der Arbeit in der Bäckerei und im Laden musste ich mich auch um die wachsende Kinderschar und den Haushalt kümmern.
Es waren harte Jahre, und obwohl wir unseren eigenen Betrieb hatten, war es nicht einfach, über die Runden zu kommen. Benz zog sich mehr und mehr in sich selbst zurück. Er suchte Trost und Abwechslung im Alkohol und blieb der Backstube immer öfter fern. Ich beklagte mich nicht, wusste ich doch nur zu gut, dass er böse werden würde, sollte ich ihm Vorwürfe machen. Oft schon hatten wir wüsten Streit wegen seiner Trinkerei gehabt. Und so kam es, dass Benz krank wurde. Der Alkohol hatte seine Leber und seinen Geist angegriffen, und so ging er kaum mehr aus dem Haus. Ich versuchte, die Flaschen vor ihm zu verstecken, doch es half alles nichts. Als ob dies nicht schon der Belastung genug wäre, wurde ich wieder schwanger – und dies mit 48 Jahren! Doch das neue Leben im Werden vermochte Benz nicht zurückzubringen. Nunmehr Gefangener seiner eigenen Dunkelheit, verliess Benz uns im Herbst 1894, fünf Monate vor der Geburt des Kindes. Er war erst 47 Jahre alt.
Für mich brach eine Welt zusammen. Mein lieber Benz, welchen ich zuletzt nicht wiedererkannt hatte, war viel zu früh von uns gegangen. Ich kann mich nicht daran erinnern, will mich nicht erinnern, wie wir ihn zu Grabe getragen haben. Zu schmerzlich ist diese Erinnerung, als dass sie in meinem Gedächtnis eine Bleibe gefunden hätte.
Der Winter, welcher auf seinen Tod folgte, schien nicht zu enden. Die Kälte durchdrang unser Haus und meine Seele. Ich war nunmehr ein Schatten meiner selbst und bin wohl nur meines ungeborenen Kindes wegen am Leben geblieben. Meine Schwägerin Louise, die gute Seele, kümmerte sich um mich und meine Kinder, bis ich niederkam. Der kleine Ernst, welcher mir geboren

wurde, war ein wunderhübsches und starkes Kind, welches oft lachte. Doch dieses Lachen mochte mich nicht anzustecken. Auch die ersten Sonnenstrahlen des Frühlings mochten die Kälte, welche mein Herz nunmehr in einem eisigen Griff gefangen hielt, nicht zu vertreiben. Dass dieser immense Verlust Vorbote einer Tragödie noch grösseren Ausmasses werden sollte, konnte ich damals noch nicht ahnen.

Es muss weitergehen

Das Leben ging weiter – musste weitergehen. Die Kinder und Söfeli mussten versorgt und die Bäckerei weiter betrieben werden. Gottlob war mir mein Bruder Albert in den harten Jahren nach dem Tod von Benz beigestanden. Er war ebenfalls Bäcker und hatte den Beruf seinerzeit bei Benz erlernt. «Magnüssi», wie er im Dorf genannt wurde, machte sehr gutes Brot und deshalb lief meine Bäckerei auch gut. Albert war neun Jahre jünger als ich und ein guter Berufsmann. Aber er war schwerhörig und so war es nicht immer einfach, mit ihm zu kommunizieren. Witze hat er aber seltsamerweise immer auf Anhieb verstanden und herzhaft darüber gelacht. Dieses Lachen hat etwas Erleichterung und Leichtigkeit zurück in mein Leben gebracht, und ich fühlte mich weniger allein.

Bei uns im Haus war es bei so vielen Bewohnern nicht immer einfach und harmonisch. Ich wohnte dort mit meinen fünf Kindern und Söfeli, und Bruder Gottfried mit Schwägerin Louise und ihren drei Buben Gottfried junior, Walther und Fritz; zwei weitere Kinder hatten sie sehr früh verloren. Das Haus war alt und gänzlich aus Holz, so war es ringhörig und oft kalt. Wir hatten ein gemeinsames Plumpsklo im Treppenhaus, aber Badezimmer und fliessendes Wasser gab es zu jener Zeit noch nicht. Das Wasser musste am Dorfbrunnen vor unserem Haus geholt werden. Manchmal dachte ich an meine Zeit im Schloss in Fontainebleau zurück, wo es viel komfortabler gewesen war, und es fühlte sich an, als wäre ich in die Vergangenheit zurückgekehrt.

Meine Kinder und die von Bruder Gottfried waren alle im selben Alter, und sie mussten in der Familie und den Betrieben tatkräftig mithelfen. Mein Backofen wurde damals noch mit Holz befeuert und so gab es ständig Arbeit mit Holz spalten. Die Buben von Gottfried halfen dem Vater fleissig in der Schlosserei und im Eisenwarengeschäft. Mein ältester Sohn Robert war mittlerweile ein junger Mann; mit jedem Tag sah er seinem Vater ähnlicher. Er hatte entschieden, dass er Lehrer werden wollte. Dies, obwohl ich doch immer gehofft hatte, dass er Bäcker lernen und später die Bäckerei weiterführen würde. Aber er war eher intellektuell und so unterstützte ich seinen Entscheid. Er hatte nach der Schulzeit in Gstaad noch ein Schuljahr in Genf absolviert, damit er dort Französisch lernen würde. Er hatte bei meinem Bruder Charles und seiner Frau Marie-Jeanne wohnen dürfen; diese hatten mittlerweile auch einen Sohn im selben Alter wie Robert. In der Freizeit besuchte er dort auch Kurse am Konservatorium. Danach war Robert nach Bern gezogen, um dort am Seminar zu studieren. Mein Jüngster, Ernst, freute sich jedes Mal sehr, wenn sein ältester Bruder uns zu Hause besuchte. Er hatte seinen Vater ja nie gekannt, und so wurde Robert, welcher ja 15 Jahre älter war als er, ein bisschen zum Vaterersatz für ihn.

Robert war gross gewachsen, fast einen Kopf grösser als ich. Als er für den Besuch des Lehrerseminars ein paar neue Hosen und einen passenden «Chittel»[3)] dazu benötigte, ging ich mit ihm ins Lädeli zu meiner Nichte Elise, um Stoff zu kaufen. Elise war die Tochter von meinem ältesten Bruder Jakob «Kobi» von Siebenthal, deshalb nannte man sie «Kobis Elise»; alle im Dorf kannten sie unter diesem Namen. Sie, die im Dorf sehr geschätzt wurde, betrieb ein Allerwälts-Lädeli, wo es einfach alles zu kaufen gab: Pfannen, Reissverschlüsse, Knöpfe, Zigaretten und auch Schokolade. Bruder Kobi, welcher eine Küferei betrieb,

Das von Siebenthal-Steffen-Huus. Auf der Terrasse von links: Bruder Albert «Magnüssi» von Siebenthal, Sohn Robert Steffen, Protagonistin Emilie Steffen, Neffe Fritz von Siebenthal. Am Fenster von links: Tochter Aline Steffen, Schwägerin Louise von Siebenthal-Steffen, Schwiegersohn Walter Beck, Foto 1896.

war ein geselliger Mann und war oft im Lädeli seiner Tochter anzutreffen. Er liebte es, mit deren Kundschaft über Gott und die Welt zu «dorfen»[4]. Den gekauften Stoff brachte ich zu meiner Nachbarin Louise von Siebenthal-Raaflaub in ihr Schneideratelier. Sie nähte daraus einen wirklich sehr schönen Anzug für Robert, welcher diesen dann gerne und sehr lange getragen hat. Louise war stolz auf diesen Anzug und sie war sehr dankbar, dass sie von mir Arbeit bekommen hatte. Nach dem frühen Tode ihres Mannes war sie, genau wie ich, mit ihren fünf kleinen Kindern zurückgeblieben, und so war sie froh um jeden Auftrag, der ihr etwas Geld einbrachte. «Wir Witwen müssen zusammenhalten», sagte sie. Und das taten wir, so gut wir konnten.
Im Juni 1898 geschah im Dorf ein ausserordentliches Ereignis, welches für grosse Aufregung sorgte. Ich war wie üblich in der Bäckerei, Albert brachte grad ein paar frische Weggli[5] aus der Backstube, als es einen fürchterlichen, ratternden Lärm gab, wie wir ihn noch nie gehört hatten. Wir rannten erschrocken aus unseren Häusern und Geschäften auf die Strasse und erblickten ein mechanisches Ungetüm, welches hier noch niemand je zu Gesicht bekommen hatte: ein Auto! Bei uns im Tal hatte man bloss davon gehört. Man nannte diese Karren auch «fahrende Kutschen», und so sahen sie auch aus. Wir konnten es kaum fassen und starrten dem lärmenden Fahrzeug nach, wie es auf der Schotterstrasse – die Dorfstrasse würde erst über zwei Jahrzehnte später geteert werden – in einer riesigen Staubwolke verschwand. Während Wochen wurde dies zum Dorfgespräch.
Kurz darauf, es war ebenfalls im Frühjahr, liess mein Bruder Gottfried einen Fotografen aus Thun kommen, welches eine ganze Tagesreise weit entfernt war, um Fotos von der Familie und dem Haus zu machen. Fotos waren damals ziemlich ausser-

gewöhnlich und teuer, denn in der Region gab es zu dieser Zeit noch niemanden, der einen Fotoapparat besessen oder einen solchen zu bedienen gewusst hätte. Sämtliche Familienmitglieder wollten mit aufs Foto, auch wenn man dafür einige Minuten regungslos dastehen musste, bevor das Bild belichtet war. Es war unglaublich, Bilder von uns selbst zu sehen, welche durch Licht aufs Papier gedruckt wurden; vor allem die Kinder waren allesamt höchst begeistert davon. Wenig später nur würde ich meinem Bruder sehr dankbar sein, dass er einen Fotografen hatte kommen lassen, obwohl ich zuerst über diese «unnütze» Ausgabe verärgert war. Sonst hätten wir nämlich keinerlei Erinnerung an unser altes Haus gehabt. Denn bald sollte der Tag kommen, der unser aller Leben unwiderruflich verändern würde.

Suchard
Cailler
709

Das 1709 erbaute von Siebenthal-Steffen-Huus. Vor dem Haus links Protagonistin Emilie vor ihrem Bäckereigeschäft. Auf der Bank in der Mitte Sohn Robert Steffen, auf der Bank rechts Tochter Aline. Im Fenster oben links Schwägerin Louise von Siebenthal, rechts Schwiegersohn Walter Beck, Foto 1896.

Hotel Rössli (links) mit Salzhütte und Dorfbrunnen (rechts), 1899.

18. JULI 1898

Eine Katastrophe bahnt sich an

Der Sommer war bis dahin kein besonders ereignisreicher gewesen. Wie immer hatte mich die Arbeit in der Bäckerei voll beansprucht. Doch mit meinem Bruder, der mich seit Jahren in der Bäckerei unterstützte, wurde es langsam mühsam. Albert hatte gesundheitliche Probleme, erstens mit seinem Gehör und neuerdings mit einem Bein, welches er im vorherigen Winter gebrochen hatte. Ich musste mich wohl oder übel nach einem anderen Bäckergesellen umsehen, welcher ihn unterstützen würde. Da im Saanenland kein Bäcker aufzufinden war, suchte ich per Inserat in den umliegenden Regionen nach einem geeigneten Gesellen. Da ich Schriftdeutsch nicht wirklich beherrschte, half mir meine Tochter Aline, welche gut mit Worten umgehen konnte, mit dem Verfassen der Inserate.

Eines warmen Vormittags im Juli trat dann ein Mann in die Bäckerei. Ich weiss noch, dass es der Tag vor der Katastrophe gewesen war – so etwas vergisst man nie. Er sagte mir, dass er mein Inserat in der Zeitung gesehen hatte und extra aus dem Wallis angereist war. Er sei Bäcker und der richtige Mann für diese Arbeit. Er musste etwas älter gewesen sein als ich, gross war er und grob gebaut. Aber etwas war fremd an dem Mann und bereitete mir Unbehagen. Er war ungepflegt, wirres Haar und ein schlecht gestutzter Bart umrandeten ein aufgedunsenes Gesicht mit schlechten Zähnen. Er roch nach Alkohol; vielleicht war es das, was mich am meisten störte. Denn mit dem Alkohol wollte ich nichts mehr zu tun haben, schliesslich hatte dieser meinen Kindern den Vater genommen.

So versuchte ich, ihn loszuwerden, indem ich ihm die Lüge auftischte, dass ich eigentlich schon einen Bäckergesellen gefunden hätte, obwohl dies natürlich nicht der Wahrheit entsprach. Er liess aber nicht locker und wurde lauter, je bestimmter ich zu sein versuchte. Er fragte, wo denn mein Mann sei, er wolle nicht mit einem Weibsvolk verhandeln. Er wurde mir unheimlich, denn er näherte sich mir drohend gestikulierend und plötzlich stand er bei mir hinter dem Ladentisch. Ich hoffte, ein Kunde würde in den Laden kommen, damit der Grobian aufhören würde, mir immer näher zu kommen. Ich wollte um Hilfe rufen, aber ich wusste, dass mich keiner hören würde. Albert war grad bei einem Bier im Gasthaus Rössli gegenüber und Gottfried hinter dem Haus in der Schlosserei an der Arbeit, und dort war sowieso immer viel Lärm. Niemand würde mich hören. Und so packte mich dieser Mann plötzlich am Arm und meinte, dass ich wohl gar keinen Mann hätte, ich würde doch sicher einen brauchen. Noch bevor ich hätte antworten können, packte er mich und riss mir die Bluse auf. Ich wollte um Hilfe schreien, doch meine Stimme versagte. In Panik versuchte ich mich mit aller Kraft gegen seine Hände zu wehren, welche nun nach meinen Hüften griffen. Ich verkratzte ihm das Gesicht und so gelang es mir irgendwie, mich aus seinem Griff zu befreien und nach draussen auf die Strasse zu rennen, hinüber zur Wirtschaft. Dort würde ich in Sicherheit sein. Mit meinem verschlissenen Kleid und sichtbar in Panik, verstanden die Mannen, die dort wie immer vormittags zusammensassen sofort, um was es ging.

Mein Bruder Albert brachte mich heim, wo sich meine Schwägerin Louise um mich kümmerte, mich wusch und mir frische Kleidung anzog. Als ich mich etwas beruhigt hatte und ihnen das Geschehene schildern konnte, regte sich mein Bruder Gottfried furchtbar auf, er war ja auch immer etwas aufbrausend. So ging er schnurstracks zu Landjäger Reber, welcher im Haus nebenan wohnte. Alleine konnte dieser jedoch nichts ausrichten und auch keine Verstärkung anfordern, denn ein Telefon gab es damals ja noch nicht. Also starteten die Mannen im Dorf selbst eine fieberhafte Suche nach dem Unhold, doch dieser musste bereits geflohen sein, denn man fand bis spät abends keine Spur von ihm.

An jenem Abend war ich vollkommen erschöpft und verwirrt. Ich dachte, dass es von da an nur noch besser werden könne. Doch ich sollte mich getäuscht haben, denn die Katastrophe hatte gerade erst begonnen.

Das Dorf brennt

Es gibt Tage, welche man aus seinem Gedächtnis tilgen möchte. Tage, welche so nicht hätten sein dürfen und welche unser Leben von Grund auf verändern, uns den Boden unter den Füssen wegziehen. Der 19. Juli 1898 sollte ein solcher Tag werden.

Mitternacht war bereits vorbei und ich hatte nach den schrecklichen Ereignissen vom Vortag endlich Schlaf gefunden, als ich plötzlich einen brausenden, ohrenbetäubenden Lärm vernahm. Ich schreckte auf und bemerkte in diesem Moment einen beissenden Rauchgestank. Ich öffnete die Fensterläden auf der Rückseite des Hauses, wo ich schlief, und sah mit Entsetzen, dass unsere riesige Holzbeige mit dem Feuerholz für den Bäckereiofen dort in vollen Flammen stand. Ich begann zu schreien, um sämtliche Hausbewohner zu wecken: «Feuer! Feuer!» Dies waren die Worte, vor denen sich die Menschen damals am meisten fürchteten. Es war nichts Ungewöhnliches, dass ein Haus brannte, denn diese waren ja ganz aus Holz gebaut und man benutzte zum Kochen und Heizen Feuer – eine buchstäblich brandgefährliche Sache. So hatte es in den grösseren Dörfern stets Nachtwächter gegeben; Mannen, welche nachts durchs Dorf patrouillierten, um eine Feuersbrunst sofort melden und so Leben retten zu können. Meine Worte verfehlten ihre Wirkung nicht: Innerhalb kürzester Zeit waren die Kinder wach und ich befahl Aline, den Kleineren rasch etwas überzuziehen. Ich zog mich selbst notdürftig an und rannte die Treppe hinauf zu Bruder Gottfried und Schwägerin Louise, welche auch bereits wach waren. Mein Bruder und ich rannten hinters Haus, um nachzusehen, was genau los war. Der drei Meter hohe Holzstapel stand in vollen Flammen und das Feuer hatte bereits begonnen, das Schindeldach unseres Hauses zu erfassen.

Mein Gott, was war geschehen! Wir hatten keine Zeit, um zu diskutieren, was nun zu tun sei. Wir rannten zurück ins Haus, um unsere Familien und das Nötigste in Sicherheit zu bringen. Die anderen Dorfbewohner waren ebenfalls durch die Schreie, den Rauchgestank und vor allem durch das Feuerhorn der ersten Feuerwehrmänner, die herbeigerannt kamen, aufgeschreckt worden. Alle rannten umher und wussten nicht so recht, was sie machen oder wo sie helfen sollten. Notdürftig wurde mit Kesseln Wasser aus dem Dorfbrunnen an die Hausfassade gekippt, und ein paar Feuerwehrleute holten die Spritze aus dem Feuerwehrschopf[6)], welcher sich am Ende des Dorfes befand, nicht weit von der Kapelle entfernt. Wir versuchten, aus dem Haus zu retten, was noch möglich war. Wir rafften einige Wertgegenstände zusammen, ehe der Rauch zu dick wurde und wir ins Freie rennen mussten. Alle halfen, so gut es ging, denn es war zu diesem Zeitpunkt noch nicht absehbar, dass die anderen Häuser des Dorfes auch noch Feuer fangen würden.

Aline brachte die kleineren Geschwister und die Nachbarskinder weiter weg in einer Scheune in Sicherheit. Ich wollte noch in die Bäckerei, um das bisschen Geld, welches in der Ladenkasse war, zu holen. In diesem Moment aber kam mir in den Sinn, dass meine Schwester Söfeli wohl noch in ihrer Mansarde oben im Haus sein musste. Wie hatte ich sie vergessen können! Von Panik erfasst, rannte ich die Treppe hinauf in den zweiten Stock und da stand sie, halb angezogen, total verwirrt und im dichten Rauch. Ich schrie sie an, sie solle mit mir runterkommen. Sie weigerte sich jedoch, da die Rauchschwaden und wohl auch meine Schreie ihr Angst machten. So packte ich sie

kurz entschlossen unter den Armen und schleifte sie, so gut ich konnte, die Treppe hinunter. Als wir draussen in Sicherheit waren, sahen wir, dass unser Haus nun voll in Flammen stand. Fassungslos standen wir da und mussten zusehen, wie unser Daheim, unser Lebenswerk, unser gesamtes Hab und Gut den Flammen zum Opfer fielen. Die Kleider, die Möbel, die Erinnerungsstücke – alles ist verbrannt, ausser dem, was wir zuvor noch hatten hinaustragen können oder am eigenen Leib trugen. Schwägerin Louise hatte in ihrer Verzweiflung ihr gutes Geschirr und die Kleider zum Fenster hinausgeworfen. Sie war so durcheinander, dass sie in dem Moment nicht realisiert hatte, dass alles «z'millebrigge»[7] gehen und verbrennen würde. Der einzige Gegenstand, welchen sie aus dem Haus hatte retten können, war das Fotoalbum der Familie. Nun stand sie neben mir, lediglich mit einem Nachthemd bekleidet und mit zerzaustem Haar, und wir starrten alle fassungslos in die alles verzehrenden Flammen.
Das Feuer war unaufhaltsam. Die letzten Tage waren sehr warm gewesen und geregnet hatte es auch schon fast zwei Wochen nicht mehr; so hatte das Feuer auf den trockenen Schindeldächern leichtes Spiel. Die Flammen erfassten die benachbarten Gebäude, erst das Haus links, dann rechts die alte Wirtschaft Hutzli und anschliessend den alten Spittel sowie das Gehret-Haus am Ende des Dorfes. Sogar der Feuerwehrschopf fiel dem Brand zum Opfer, was die Löscharbeiten deshalb umso schwieriger machte. Gleichzeitig schwappten die Flammen, welche nun weit in den Himmel ragten, auf die andere Strassenseite zur Wirtschaft Sternen und zum Zwahlen-Reichenbach-Haus über. Die verzweifelten Bewohner versuchten, mit blossen Händen zu retten, was zu retten war. Sie bildeten eine Menschenkette zum Bach, von wo aus sie sich Kanister und Kübel reichten, um beim Gstaadplatz die kleine Feuerspritze zu füllen, mit welcher mehr schlecht als recht gegen die Feuerhölle anzukämpfen versucht wurde. Mehr konnte man nicht tun, denn der kleine Weiler war miserabel gegen Feuersbrunsten gerüstet.

Etwa eine halbe Stunde nach Ausbruch des Feuers – es fühlte sich wie eine halbe Ewigkeit an – trafen endlich die Feuerwehren der grösseren Nachbardörfer ein: Die Wehren Saanen, Rougemont, Flendruz und Lauenen waren aufgeboten worden und waren, so schnell es ging, herbeigeeilt. Sie hatten – gottlob! – lange Wasserschläuche und grössere Spritzenwagen dabei, und so gelangte endlich mehr Wasser zu den Brandherden. Kurz darauf traf auch endlich die Feuerwehr aus Gsteig ein. Sie war mit Pferden im Galopp aus dem 10 Kilometer entfernten Dorf herangeritten. 80 Mann stark war die Wehr – sämtliche Mannen aus Gsteig waren gekommen, um den Gstaadern beim Retten ihres Dorfes zu helfen.
Als die Verstärkung eintraf, war es fast schon zu spät. Durch die Dorfstrasse, wo die Häuser nun auf beiden Strassenseiten brannten, gab es kein Durchkommen mehr; das Feuer, der Rauch und vor allem die kolossale Hitze verunmöglichten dies. So legten die Gsteiger ihren Schlauch vom Bach bis zur Wirtschaft Sternen und versuchten, von der Rückseite der Häuser dem Brand Herr zu werden. Am Gstaadplatz vor unserem Haus kämpften die anderen Feuerwehren. Gegenüber dem «Rössli» lag damals auf einer hohen Stützmauer das grösste Haus im Dorf, das Zwahlen-Reichenbach-Haus. Dieses stand bereits in Vollbrand und es zu retten, wäre wegen der Mauer ein Ding der Unmöglichkeit gewesen; zu weit oben lag die Fassade. Andererseits war dort die Strasse dank der Strassenkreuzung breiter und der Abstand zwischen den Holzhäusern grösser. Darin sah der Feuerwehrkommandant Jakob Zingre die einzige Möglichkeit und entschied, das herrschaftliche Haus den Flammen zu überlassen und sich auf die Rettung der gegenüberliegenden Häuser zu konzentrieren. Dieser Entscheid würde später noch viel zu reden geben – war das Haus doch der alte Sitz des Regierungsstatthalters.
Doch nunmehr ging es nicht mehr darum, die sich im Vollbrand befindenden Häuser zu löschen, diese waren verloren. Es galt nun, das «Rössli» und den dahinterliegenden alten Dorfkern, das sogenannte Unterdorf mit der Salzhütte, der Post, der

«Cheseri»[8] und weiteren Häusern zu retten. Koste es, was es wolle. Sämtliches Wasser der drei Spritzen wurde an die Fassade der Wirtschaft Rössli und das gegenüberliegende Gebäude, die Salzhütte, gepumpt, damit diese nicht Feuer fangen würden. Die Farbe an der Fassade des «Rössli» «kochte» gar wegen der unglaublichen Hitze. Die Wendrohrführer mussten sich gegenseitig mit Wasser übergiessen; manch einem haben die Haare Feuer gefangen, die Hitze war einfach unerträglich. Zeitgleich waren am Rande des Dorfes im Ebnit die Leute mit Leitern auf ihre Dächer gestiegen, um mit nassen Tüchern ihre Schindeldächer vor den Flugfunken zu schützen.
Im brennenden Feuerwehrschopf, er stand am Ende des Dorfes, gab es plötzlich eine Explosion: Die Gewehrmunition vom Schützenverein, welche dort eingelagert war, war in die Luft gegangen. Und um ein weiteres Unglück zu verhindern, wurde der Strom, welcher erst seit drei Jahren das Dorf mit Licht versorgte, vorsorglich im Elektrizitätswerk in der Chaudanne abgestellt. Feuerwehrmann Emanuel Fleuti war mit dem Velo nach Saanen gefahren, um im dortigen Telegrafenmagazin – Telefone gab es damals noch nicht – die Mitteilung zu machen. Gott sei Dank stand die Kapelle, die zu jener Zeit als Schulstube benutzt wurde, ausserhalb des Dorfes; sonst wäre wohl auch dieses altehrwürdige Gebäude ein Raub der Flammen geworden.
Als nach einem langen Kampf auf Leben und Tod – ein neuer Tag war mittlerweile angebrochen – der First des stattlichen Zwahlen-Reichenbach-Hauses in sich zusammenbrach, waren die Feuerwehrmannschaften erleichtert. «Gerettet ist das übrige Gstaad!», hat Jakob Zingre erleichtert ausgerufen. Tatsächlich war es den Feuerwehren gelungen, das Feuer einzudämmen. Die Höllennacht war vorbei.

Die Brandruine vom von Siebenthal-Steffen-Huus, Juli 1898.

Verzweiflung

Zurück blieben Schutt, Asche und Verzweiflung. Die ersten Sonnenstrahlen nach dieser verfluchten Nacht machten das Ausmass des Verlustes offensichtlich: Das halbe Dorf war zerstört. Rauchschwaden stiegen aus den Skeletten unserer Häuser auf, welche wie brennende Leichname den Strassenrand säumten. So ist der 19. Juli 1898 der traurigste Tag in der Geschichte meines Dorfes geworden. Gstaad, wie ich es gekannt habe, mein Zuhause, gab es nun nicht mehr; wir konnten und wollten es nicht fassen.

Nach dem Brand herrschte totales Chaos. Zusammengekauert, verängstigt und verzweifelt kamen wir, die ihr Hab und Gut verloren hatten, im «Rössli» zusammen, wo wir verpflegt wurden. Viele weinten, andere fluchten und einige waren vom Schock erstarrt. In Decken eingehüllt, mit verrussten Gesichtern und zerschlissenen Kleidern – die Funken hatten jedermanns Kleidung ruiniert – sassen wir hier in diesem Gebäude, welches noch vor wenigen Stunden die Front zwischen Leben und Tod dargestellt hatte. Wir wussten nicht, wie es weitergehen sollte. Vor uns lag das absolute Nichts.

Wie durch ein Wunder war niemand ums Leben gekommen – hatte das Feuer doch in knapp vier Stunden mehr als das halbe Dorf vernichtet. Elf Gebäude waren verbrannt, insgesamt zwölf

Wohnstöcke, drei Scheunen und drei weitere kleinere Gebäude. Wir waren bei weitem nicht die einzigen Geschädigten; 18 Familien, zusammen waren dies 74 Personen, haben im Feuer alles verloren. Unser Verlust war unvorstellbar. Zudem waren die meisten Hausbesitzer, wie wir selbst, sehr schlecht versichert gewesen; und so standen wir buchstäblich vor den Ruinen unseres Lebens. Einzig aus dem zu der Zeit unbewohnten Zwahlen-Reichenbach-Haus, welches ja als Letztes vom Feuer erfasst worden war, hatte die Feuerwehr noch einige Möbel retten können.
In den Tagen nach dem Brand gingen ich und die Kinder, wie alle anderen Familien auch, wieder und wieder an die Brandstätte unserer Häuser zurück, und durchkämmten mit blossen Händen die Asche der Ruinen. Dies in der Hoffnung, noch irgendetwas zu finden; womöglich etwas Wertvolles, vielleicht etwas Nützliches, hoffentlich irgendein Überbleibsel unseres alten Lebens, welches nun unwiderruflich verloren war – zu Asche zerfallen. Ich war am Boden zerstört. Ich kann die Leere, die sich in mir auftat, nicht in Worte fassen.
Wir wurden allesamt von verschiedenen Verwandten und Bekannten aufgenommen und konnten dort notdürftig versorgt werden. Ich, Söfeli und die Kinder sowie Bruder Gottfried mit seiner Familie kamen für einige Monate bei unseren Nichten, welche mit den Brüdern Rieben im Ebnit verheiratet waren, unter. Wie waren wir dankbar dafür, so viel Hilfsbereitschaft haben wir dort erfahren! Platz und Geld hatten ja auch sie nicht im Überfluss, und so war es wirklich äusserst grosszügig, uns aufzunehmen.
Der Wasserschaden in der Wirtschaft Rössli war beträchtlich, doch immerhin hatte das Haus gerettet werden können. In den darauffolgenden Tagen sind wir Brandgeschädigten jeden Mittag dort verköstigt worden; so gab es wenigstens eine warme Mahlzeit pro Tag. Es war auch eine Gelegenheit, sich gegenseitig das eigene Erlebte erzählen zu können. Schwere Erinnerungen werden ja gewöhnlich leichter, wenn man sie teilen kann. Ich wurde immer und immer wieder gefragt, wo und

warum denn genau das Feuer angefangen hatte. Ich schilderte den Hergang, so gut ich konnte; vom Feuer und dessen schneller Ausdehnung waren wir ja alle völlig überrascht worden. Und ich hatte damals ja selbst noch keine Ahnung, welch schreckliches Geheimnis dahinterlag.

Das Fotoalbum, welches Louise aus dem brennenden Haus hatte retten können, war für uns nun wie ein Relikt aus anderer Zeit, ein Zeuge glücklicherer, unbeschwerterer Tage, welche nun unendlich weit weg schienen. Diese Fotos sollten die einzigen Erinnerungen an die Tage vor der Katastrophe werden. Es zerriss mir fast das Herz, als ich Bilder von Benz und mir und unserem alten Haus sah. Es war zu viel Verlust in wenigen Jahren. Warum hatte mir Gott alles entrissen? Was hatte ich ihm angetan? Ich haderte mit meinem Schicksal und mit Gott. Streng war er schon immer gewesen in unserem Glauben, unbarmherzig zuweilen. Aber wie konnte er dies alles zugelassen haben? Ich hätte es nicht gewagt, diese Gedanken jemandem mitzuteilen; zu gottesfürchtig waren die Leute hier. Im besten Fall wäre ich als Ungläubige verschrien worden, im schlimmsten gar als Gotteslästerin.

Für die Kinder war der Verlust ihres Daheims und die Erinnerung an die Feuerhölle besonders schlimm. Sie schliefen kaum und hatten noch lange Zeit furchtbare Albträume, aus welchen vor allem die Kleinen oft hochschreckten und «Feuer! Feuer!» riefen. Da ich selbst kaum Trost finden konnte, hatte ich fast keine Kraft mehr, sie zu trösten. Aber das Leben musste weitergehen – noch einmal – irgendwie. Den Tod kannte ich, er hatte mich schon viele Male heimgesucht. Aber im Feuer innerhalb einer halben Nacht alles zu verlieren war von einer Brutalität, welche ich so noch nie erlebt hatte.

Unsere Existenzen waren zu Asche zerfallen und so mussten wir bei null, buchstäblich bei null wieder anfangen. Sofort nach dem Brand versorgte uns ein Hilfskomitee mit dem Nötigsten: Kleider, Schuhe, Nahrung. An mehr war nicht zu denken. Dieses Komitee war von Pfarrer Hadorn, Oberlehrer Rudolf Wehren, Gerichtspräsident Zingre und Grossrat Carl Reichenbach gebildet worden. Die Solidarität war enorm und aus der ganzen Schweiz wurden Geld und Naturalien gespendet; für diese Spendenpakete war von der Postdirektion gar die Portofreiheit bewilligt worden. Sogar aus Übersee kam Unterstützung: Eine Kolonie von 20 ausgewanderten Saaner Familien in Louisville USA spendeten, nachdem die traurige Nachricht aus der Heimat sie erreicht hatte, die grosse Summe von 36 Dollars[9)] – das stand so im «Anzeiger». Die Aktion sei von Hans Hutzli organisiert worden, welcher sich mittlerweile nach amerikanischer Art «John» nannte, wie das Einwanderer in fremden Landen der Integration willen oft taten. Dass diese Leute, welche bestimmt selbst kaum genug zum Leben hatten, an uns in der alten Heimat dachten, berührte mich sehr. Doch leider war die Verteilung der Hilfsgüter auch von Neid und Missgunst begleitet und es sollen sich auch Fälle von Diebstahl zugetragen haben. So ist eben die Natur des Menschen: Man mag keinem mehr gönnen, als man selbst hat.

Holzbeige

Das alte Dorf vor dem Brand, 1894.
Hinter dem von Siebenthal-Steffen-Huus sieht man die Holzbeige, welche der Brandstifter angezündet hat.

1898

Tod in der Zelle

Kaum war die Asche erkaltet, gedieh im toten Grund etwas, was den Rest meines Lebens bestimmen sollte: böse Gerüchte. Diese begannen zu wuchern in den Mäulern von Mannen und Weibern, wie es in Zeiten der Ungewissheit oft geschieht. Die Leute wollten eine Erklärung für das, was geschehen war, und warum dieses Schicksal sie ereilt hatte. So gediehen in den Tagen nach dem Brand die wildesten Gerüchte über die Brandursache, und bei den gemeinsamen Mittagessen im «Rössli» fragte man mich ständig, wie es denn zum Feuer hinter meinem Haus hatte kommen können. Nachbarin Louise, die Schneiderin, hatte einen Mann wegrennen sehen in jener Nacht; doch niemand im Dorf konnte sich vorstellen, wer so etwas Schreckliches getan haben könnte.

Es dauerte aber nicht lange, bis man sich die Geschichte des Bäckergesellen herumerzählte. Hinter vorgehaltener Hand wurde getratscht, was da zwischen mir und dem Gesellen wohl vorgefallen sei. Man hat mir das Leben schwer gemacht mit der Fragerei. «Emilie hat den Walliser wohl gekannt! Warum sonst hätte sie ihn an sich rangelassen?» So sprach man über mich hinter meinem Rücken. Ich konnte bald niemandem ausser meiner eigenen Familie mehr trauen. Nur der Polizei, welche am zweiten Tag nach der Katastrophe aus Bern angereist kam, habe ich den Hergang im Detail geschildert; es blieb mir ja auch nichts anderes übrig als zu helfen, die Brandursache zu klären. Als die Polizei bei mir auftauchte, ging in der Wirtschaft Rössli das Geschwätz wieder los, denn von dort aus hatte man den Gstaadplatz und die Brandruine unseres Hauses im Blickfeld. «Was weiss sie wohl, hat sie den Mann, es war schints[10)] ein Walliser, etwa gar gekannt? Bestimmt war er es, der den Brand gelegt hat; denn so ohne Grund ist die Holzbeige von Emilie sicher nicht angezündet worden.» Die Dorfbewohner haben mich plötzlich böse angeschaut und ich spürte, dass man schlecht über mich sprach. Ich konnte mich nicht rechtfertigen und erklären, und so hat mich das Erlebte fast wahnsinnig gemacht.

Die Tage nach dem Brand waren turbulent. Im Dorf fragten sich die Leute, wohin der Brandstifter, oder manche nannten ihn einfach «den Walliser», wohl geflüchtet sei, oder wo er sich versteckt hielt. Die Gerüchteküche brodelte und Abend für Abend gingen die Mannen ins «Rössli», um Neuigkeiten zu vernehmen.

Eines Mittags, etwa eine Woche nach dem Brand, kamen Landjäger Reber, Dorfpfarrer Hadorn und meine Brüder Gottfried und Jakob zu mir, als ich gerade mit meiner Nichte Emilie Rieben, bei welcher wir ja untergekommen waren, neue Socken strickte. Atemlos kamen sie in die alte Stube rein, ohne anzuklopfen, wie sich das für Besuch gewöhnlich gebühren würde. «Wir haben ihn gefunden! Er ist tot!», platzte es aus meinem älteren Bruder heraus. Ich wusste, er sprach vom Gesellen. Mir wurde es ganz mulmig zumute. Der Landjäger räusperte sich und richtete sich kerzengerade auf, ehe er vortrat und uns mit ernster Miene erzählte, was sich zugetragen hatte: «Gestern Abend hat Familie Kropfli in der Gruben einen Mann in ihrem Schopf[6)] bemerkt. Dieser war stockbetrunken, als sie ihn fanden. Und weil er ihnen unbekannt war und in der Gegend ja nach einem verdächtigen Auswärtigen gesucht wird, haben Fritz Kropfli und seine zwei Söhne – mutige Männer! – ihn schnurstracks gefesselt, auf den Wagen geladen und in den ‹Ture› gebracht.»

Ich wusste, dass damit der alte Gefängnisturm in Saanen gemeint war. Der Landjäger kringelte mit seinen dünnen, weissen Fingern seinen langen Schnurrbart und fuhr fort: «Wir haben ihn dort erst mal in eine Zelle gesperrt. Ich und der Kollege, wir haben dann den dreckigen Kerl zur Sprache gestellt. Ob er der Brandstifter sei, wollten wir von ihm wissen! Jawohl! Der dreckige Säufer fluchte wild auf Walliserdütsch – wir haben ausser den Worten ‹Rache› und ‹Füür› kaum etwas verstanden – und wollte uns schlagen, aber zum Glück war er hinter Gittern. Da haben wir uns entschlossen, ihn erst ausnüchtern zu lassen und ihn dann am Morgen zu vernehmen.» Er ging mit schweren Schritten im Zimmer auf und ab, als zögere er, weiterzuerzählen. «Heute Morgen, nach Tagwacht, bin ich pünktlich zur Zelle gegangen, um den Burschen gehörig auszufragen. Doch ...», seine Stimme stockte, «... es war zu spät. Der Mistkerl hat sich in der Nacht mit seinem Gurt in der Zelle erhängt!»
Das war mir alles zuviel ... dieser Mann ... der Brandstifter ... tot ... erhängt ... Der Raum um mich herum begann, sich zu drehen, und dann wurde es mir schwarz vor Augen. Als ich wieder zu mir kam, lag ich auf dem Boden. Meine Nichte war über mich gebückt und kühlte meine Stirn mit einem nassen Lappen. «Lasst die arme Emilie jetzt gefälligst in Ruhe! Seht ihr nicht, dass das alles zu viel für sie ist? Raus mit euch, ihr Mannenvolk!», sagte sie resolut und bugsierte die Herren aus ihrer Stube. Ab da lag ich mehrere Tage im Fieber. In meinen Albträumen loderten Flammen, Kinder schrien und ein böser Geist jagte mich mit einem Gurt durch eine düstere Gefängniszelle. Man erzählte mir später, dass man in diesen Tagen gar um mein Leben gebangt habe, so hoch sei mein Fieber gewesen.
Nur langsam kam ich zurück ins Leben. Es schien mir, als sei ein Teil von mir mit meinem Haus verbrannt. Für lange Zeit befand sich mein Geist und wohl auch meine Seele an einem sehr, sehr dunklen Ort. Vom guten Pfarrer Hadorn erfuhr ich später – er war in der Zeit meines Fiebers regelmässig vorbeigekommen, um nach mir zu sehen und für mich Gebete zur Genesung zu sprechen –, dass der Brandstifter auf dem Friedhof in

Saanen beerdigt worden sei; zuhinterst an der Friedhofsmauer, ohne Kreuz und ohne Namen. Nichts sollte an ihn erinnern. Mein Sohn Robert ist daraufhin zur Grabstelle gegangen, um zu sehen, ob es tatsächlich so war, wie der Pfarrer gesagt hatte. Er sagte mir, er habe den Mann verflucht; «ein solcher Unmensch verdient kein Gebet!». Ich konnte ihm nur beipflichten, obwohl ich diesen Gedanken dem Pfarrer gegenüber nie erwähnt hätte. Aber auch diese abstrusen Gedanken hätte er wohl verstehen können. In den Zügen des Pfarrers lag nämlich eine bemerkenswerte Intelligenz. Er hatte ein bleiches, mageres Gelehrtenantlitz mit sanften Augen von einer seltsamen, durchdringenden Gewalt, welche in der menschlichen Seele zu lesen schienen. Und so war ich mir sicher, dass er wusste, was in meinen Gedanken vorging.

Ich bin selbst nie ans Grab des Brandstifters gegangen; wie hätte ich es auch verkraften können! Der Unhold war nun weg, tot und verscharrt. Und das war gut so.

Saanen: Kirche und Ture (Gefängnisturm), Foto ca. 1900.

Der Fluch

Derweil wir in jenem Spätsommer die Asche unserer Häuser abtrugen, waren die Nachforschungen über den Brandstifter bald einmal eingestellt worden. Da der Mann keine Papiere auf sich getragen und man ausser meiner Beschreibung keine Anhaltspunkte hatte, schloss man die Akte. Was hätte man auch machen können? Ich denke, die Polizei war froh, dass sie die Angelegenheit auf die Seite legen konnte, war sie damit wohl überfordert gewesen. Es hätte ja auch an der Tatsache nichts mehr geändert, dass unsere Häuser, unser schönes Dorf, unsere Existenzen verloren waren.

Ende Sommer stand nur noch die Brandruine eines einzigen Gebäudes wie ein Mahnmal da. Niemand war da gewesen, um das verbrannte Gebälk des grossen Hauses des ehemaligen Regierungsstatthalters Johann Samuel Reichenbach wegzuräumen. Dieser hatte seinerzeit beim Regierungsrat das Gesuch gestellt, seine Amtsgeschäfte von seinem Wohnhaus am Gstaadplatz aus ausführen zu dürfen – er wollte als waschechter Gstaader nicht nach Saanen ziehen. Diesem Ansinnen war ausnahmsweise stattgegeben worden; dies allerdings mit der Auflage, dass er sich mindestens dreimal pro Woche in Saanen der Öffentlichkeit zu zeigen habe. Da er ein leidenschaftlicher Jasser gewesen war, wird er sich die Zeit in Saanen wohl damit vertrieben

haben. Diese Erinnerungen schienen nun, da Samuel längst gestorben und nun auch sein Haus verbrannt war, einer anderen Zeit anzugehören.
Doch eines späten Nachmittags, das Ende des Sommers nahte bereits, wurden diese Erinnerungen wieder lebendig durch die unerwartete Ankunft einer Postkutsche. Dieser entstieg Martha Zwahlen-Reichenbach, die Tochter des ehemaligen Regierungsstatthalters, zusammen mit ihrem Mann Gottlieb. Diese waren für den Sommer nach Paris verreist, um ihre Tochter zu besuchen, welche dort seit einigen Jahren mit einem Franzosen verheiratet war. In Paris gab es nämlich mittlerweile eine ziemlich grosse Saaner Kolonie, alles Leute, welche wie ich damals das Saanenland wegen der Arbeitslosigkeit und der Armut verlassen hatten. Was für ein Schock war es für Martha und Gottlieb, welche ja noch gar nicht wussten, dass das halbe Dorf Gstaad niedergebrannt war; wie hätte man sie in der Fremde auch darüber informieren können? Voller Entsetzen fanden sie sich nun in einem Ruinendorf wieder. Wie sie vor der Brandruine ihres Hauses standen, hat Martha geschrien und getobt, nicht einmal ihr Mann hat sie beruhigen können. Wir Nachbarn hielten uns zurück; dieses Gefühl der Ohnmacht und Verzweiflung kannten wir nur zu gut und konnten nicht noch mehr davon ertragen. Wir waren zu abgestumpft und vielleicht auch etwas zu hart geworden durch die Erfahrung des Verlustes unserer eigenen Existenzen, als dass wir die Verzweiflung der anderen noch hätten mittragen können.
Nachdem Martha die Geschichte und den Hergang des Brandes erfahren hatte, hat sie dem Feuerwehrkommandanten Zingre in aller Öffentlichkeit den Vorwurf gemacht, dass er ihr Haus nicht habe retten wollen; gar, dass er dies vorsätzlich unterlassen habe. Dies, obwohl der Feuerwehrkommandant von allen verteidigt worden war und man sogar in den Zeitungen über ihn sagte, dass er in der Schreckensnacht mutig und richtig gehandelt habe. Sogar der Kanton Bern hatte ihm für seinen grossen, wohlüberlegten Einsatz für die Brandbekämpfung gedankt. Doch all dies tat den Vorwürfen von Martha Zwahlen keinen

Das alte Dorf vor dem Brand,
Postkarte ca. 1896.

Abbruch. Im November, wenige Monate nach dem Gstaadbrand, hat sie dann das wenige Mobiliar, welches aus dem Haus hatte gerettet werden können, versteigern lassen. Sie wollte mit ihrem Mann zu ihrer Tochter nach Paris auswandern, da sie nicht mehr in Gstaad bleiben und auch kein neues Haus mehr bauen wollte. Tierarzt Abraham von Grünigen hat damals vier Stabellen ersteigert und Rossmetzger Reuteler die anderen zwei. Jahre später, als Abrahams Nichte, die Drogistin Anneli von Grünigen, ihre Freundin Rosa Reuteler zum Tee besuchte, sagte Anneli voller Verwunderung: «Eh Mingott, du hast ja die gleichen Stühle wie ich!» Anneli hat mir später erzählt, dass sie dann ihre Freundin davon überzeugt habe, ihr die zwei Stabellen zu verkaufen, damit sie sechs davon hätte. Rosa habe sich auf den Handel eingelassen und Anneli damit eine grosse Freude gemacht.
Beim Verlassen des Dorfes hat Martha das Dorf und seine Bewohner lauthals verflucht und geschworen, dass sie ihr Land und die Brandstätte «niemals» einem Einheimischen verkaufen werde, weil diese eben angeblich ihr Haus absichtlich nicht gerettet hätten. Tatsächlich ist ihr Land, welches 18 000 Quadratmeter gross war, dann erst nach ihrem Tode anno 1911 verkauft worden. Ihr Schwiegersohn, Monsieur Légeret, kam damals aus Paris angereist, nachdem er das Land verschiedenen Interessenten angeboten hatte. Schlussendlich hat er es dann meinem Sohn Robert verkauft. Die Tatsache, dass Robert und er sich fliessend auf Französisch unterhalten konnten, hat wohl zum Geschäftsgang beigetragen. Herr Légeret fühlte sich nicht mehr an den Schwur seiner Schwiegermutter gebunden, da diese ja nicht mehr am Leben war. Sie war schon immer ein exzentrisches Wibli gewesen und es wird wohl auch in Paris nicht einfach gewesen sein, mit ihr zu leben.
Bevor Zwahlens nach Paris gefahren waren, hat Martha auf der Brandstätte ihres Hauses noch einen Schopf[6)] erbauen lassen. Eigentlich brauchte sie ihn nicht, da sie ja endgültig wegzog,

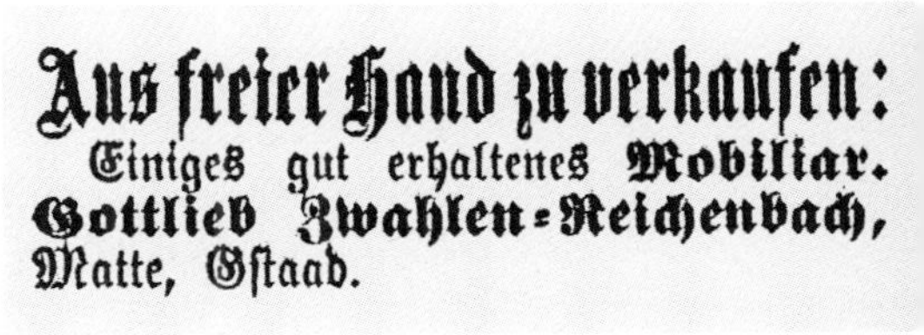
Aus freier Hand zu verkaufen:
Einiges gut erhaltenes **Mobiliar.**
Gottlieb Zwahlen-Reichenbach,
Matte, Gstaad.

Inserat für den Verkauf des Mobiliars, welches aus dem brennenden Zwahlen-Reichenbach-Haus hatte gerettet werden können, November 1898.

aber sie wollte sich irgendwie am Dorf rächen. Wenn ein Gebäude dort stehen würde, wo vorher ihr Haus gestanden hatte, so würde dies dem «Rössli» weiterhin die Aussicht nehmen, wie zuvor ihr Haus. «Die hatten vorher keine Aussicht, so brauchen sie jetzt auch keine», das war ihre Erklärung dazu. Nachdem Robert das Land hatte kaufen können, hat er diesen Schopf sowie die alte Stützmauer abbrechen lassen, damit die Lauenenstrasse verbreitert und der «Gstaadstutz», die Erhöhung der Strasse im Obergstaad, abgetragen werden konnte.
Doch derweil wir im Dorf alle bestrebt waren, die schrecklichen Erinnerungen an das Feuer zu vergessen, wollte das böse Geschwätz nicht enden und lag weiterhin auf mir, so wie Marthas Fluch auf ihrem Land gelegen hat.

Böse Zungen

Irgendwie schmiedete das gemeinsame Schicksal uns Dorfbewohner zusammen; man half sich gegenseitig – man hatte ja auch nichts mehr zu verlieren. Doch mein Herz war oft schwer, denn das böse Geschwätz nahm kein Ende. Ich hielt mich so gut aufrecht, wie ich es unter der Last der unbarmherzigen, auf mich gehefteten Blicke vermochte.

An einem Markttag rief mir eine alte Frau, welche im Dorf für ihre böse Zunge bekannt war – sie war die hässlichste und zugleich die unbarmherzigste unter diesen selbst ernannten Richtern –, vor allen Leuten zu: «Du hast Ruin über uns gebracht! Du hättest dich mit dem Brandstifter einlassen sollen, es wäre dir doch bestimmt nichts passiert! Du bist ja auch nicht mehr die Jüngste, aber wenigstens hätten wir unser Dorf noch!» Das war so ziemlich das Schlimmste, was ich mir je hatte anhören müssen. «Friede, Nachbarinnen, Friede!», rief meine Schwägerin Louise darauf dem alten Weib mit dem eisernen Gesicht zu. «Emilie hat genauso gelitten wie wir alle und selbst alles verloren. Sie ist unschuldig am Geschehen und eure Boshaftigkeit wird die Katastrophe nicht ungeschehen machen!» Wie dankbar ich Louise für diese Worte war. Sie und mein Bruder Gottfried waren mir in dieser bedrückenden Zeit der Anfeindungen stets eine wertvolle Stütze. Mit ihnen konnte ich das Erlebte teilen und ihnen meine Gedanken anvertrauen. Sie haben mich immer verstanden und auch verteidigt, wenn es sein musste.

Mit der Zeit lernte ich, mich gegen die Stiche und giftigen Verwundungen der Leute zu wehren, indem ich mir eine strenge Würde auferlegte. Vielleicht war das meine Art, mich von der drückenden Last und Härte der Wirklichkeit zu schützen. Aber unter der bleiernen Wucht, welche zu ertragen mein Schicksal zu sein schien, hatte ich in manchen Augenblicken das Gefühl, die Last der Boshaftigkeit nicht mehr tragen zu können.

Inserat, veröffentlicht von Emilie nach dem Brand mit Hinweis auf die Eröffnung ihres provisorischen Geschäfts, August 1898.

Zur Berücksichtigung.

Die beim Brandunglück am Gstaad schwer heimgesuchte Witwe Steffen hat ihr **Spezerei- und Brodgeschäft** im Salzladen des Eml. v. Grünigen eingerichtet. Sie dankt allen für das ihr bisher geschenkte Zutrauen und empfiehlt sich um fernern Zuspruch.

Für reelle Ware und billige Preise wird garantiert. **Witwe Steffen.**

Per Inserat macht Hutmacherin Louise von Siebenthal-Raaflaub nach dem Brand auf ihr provisorisch wiedereröffnetes Modistengeschäft aufmerksam.

Unterzeichnete macht hiermit dem geehrten Publikum von **Gstaad** und **Umgebung** bekannt, daß sie ihr durch das Brandunglück zerstörtes **Modistengeschäft** vis-à-vis der Bäckerei v. Mühlinen neuerdings betreibt und zu möglichst billigen Preisen verkauft.

Indem ich für das bisherige Zutrauen meiner Gönner bestens danke, empfehle mich für die Zukunft.

Witwe v. Siebenthal, Modiste.

Witwe Louise von Siebenthal-Raaflaub mit ihren fünf Kindern, Foto ca. 1902.

1896–1899

Die Hutmacherin

In meinem Leben gab es noch einen anderen Menschen, welcher mir sehr nahe stand und mir lieb und teuer war: Louise. Sie hatte meinen Neffen Jakob geheiratet, welcher zwei Jahre jünger war als sie. Jakob, von allen Kobi genannt, war der Sohn meines ältesten Bruders, welcher ebenfalls Jakob hiess und Küfer war. Es war damals ja üblich, dass der älteste Sohn denselben Namen bekam wie der Vater. Louise war eine Raaflaub, aber unehelich geboren worden. Alle im Dorf wussten es, so etwas kann man in einem kleinen Dorf nicht geheim halten. Man ging damit aber mehr oder weniger respektvoll um, denn die Leute schätzten die hübsche und fleissige Louise, welche immer ein Lächeln auf den Lippen hatte, sehr. Sie war hart zu sich selbst, war sie doch gewohnt, um ihren Platz im Leben kämpfen zu müssen. Uneheliche Kinder wurden von anderen Kindern oft abschätzig behandelt und auch Louise ist dieser Hohn während der Schulzeit nicht erspart geblieben. Aber ihren Kindern war sie eine verständnisvolle und liebe Mutter und Kobi eine gute Ehefrau.
Louise und Kobi sind in den Jahren nach der Hochzeit fünf Kinder geschenkt worden – jedes Jahr eines. Doch das junge Familienglück sollte nicht von Dauer sein. Denn nach einem Militärdienst im Frühling 1896 kam Kobi sehr müde und abgeschlagen nach Hause. Der Arzt in Saanen hat ihn untersucht

und festgestellt, dass er an Tuberkulose litt, welche er sich wohl im Dienst zugezogen hatte. Der Arzt riet ihm, sich an einen abgelegenen Ort zurückzuziehen, um seine Frau und vor allem die kleinen Kinder nicht mit der gefährlichen Krankheit anzustecken. So zog er sich alleine in die Alphütte von Louises Mutter zuhinterst im Kalberhöni zurück, um sich dort in Isolation erholen zu können. Dort ist er jedoch nach wenigen Wochen an der Krankheit gestorben, ohne dass er und Louise sich je wiedergesehen hätten. Er war nur 26 Jahre alt geworden, und Louise war nun mit nur 28 Jahren Wittfrau mit fünf kleinen Kindern; das jüngste war gerade mal ein Jahr alt, das älteste fünf.
Die Trauer und das Mitgefühl mit der jungen Witwe war riesig, und man hat sie mit Geld und Esswaren unterstützt, so gut es eben ging. Wir waren ja damals alle arm und niemand lebte im Überfluss. Alle Leute im Dorf bewunderten Louise, welche als junge Mutter noch die Zeit fand, für andere Leute Näharbeiten auszuführen, da sie gelernte Schneiderin war. Ich ging, so oft es die Zeit mir erlaubte, ins Nachbarhaus zu ihr, um zu sehen, was ich für die Kinder tun konnte. Eines Tages war sie ganz aufgeregt und erzählte mir von einer Idee, welche sie in einer ihrer vielen schlaflosen Nächte gehabt habe: Sie wolle für ein paar Monate nach Paris verreisen, um dort die Kunst des Hutmachens zu erlernen. Sie wusste, dass Paris die Stadt war, in der Mode gemacht wurde. Dort würde sie die neuesten Kreationen erlernen, welche sie dann in Gstaad gut an die vielen Gäste würde verkaufen können, welche schon bald in Scharen kommen würden, meinte sie. Seit geraumer Zeit wartete man ja in Gstaad und Saanen bereits auf die Eisenbahn und erhoffte sich viel davon. Alle diese vornehmen Damen trügen ja schliesslich Hüte, und genau solche wolle sie verkaufen, um so etwas Geld verdienen und den Kindern dereinst eine gute Ausbildung zu ermöglichen, sagte Louise. Während ihrer Abwesenheit würde sie die Kinder bei Verwandten unterbringen; es sei ja nicht so lang.
Paris – wie lange es doch her war! Fast schien es mir, als wäre es ein anderes Leben gewesen, so weit weg war diese unbeschwerte Zeit. Ich schloss die Augen und erinnerte mich an das Glück

jener Tage, welches mir damals nicht als solches bewusst gewesen war. Ist es denn nicht immer so, dass sich die guten Zeiten erst im Nachhinein zu erkennen geben, oder ist es so, dass sich unser Blick auf längst Vergangenes verändert und wir es in späteren Tagen in einem verfälschten Licht sehen? Ich weiss es nicht. Was ich aber wusste, war, dass Louise die richtige Entscheidung gefällt hatte. Es war mutig – ja fast schon verrückt – und doch unterstützte ich sie in diesem Vorhaben voll und ganz.

Mithilfe meines Sohnes Robert schrieb ich an die Tochter meiner früheren Patronne, Paulette Haussmann. Als der Pöstler ein paar Wochen später einen Brief aus Frankreich bei mir in der Bäckerei vorbeibrachte, war ich ganz aufgeregt und lief damit schnurstracks mit Robert zu Louise hinüber. Die junge Frau Haussmann hatte uns geschrieben, dass sie meine Verwandte gerne bei sich haben würde. Ein Bedienstetenzimmer stünde für sie bereit. Sie habe auch gute Beziehungen zu einem grossen Modehaus in Paris, wo Louise arbeiten und die Hutmacherkunst erlernen könne. In diesem Brief erfuhr ich auch, dass ihre Eltern mittlerweile beide gestorben waren und sie darauf das Anwesen in Fontainebleau verkauft habe. Es schmerzte mich sehr, dies zu lesen, waren Haussmanns und ihre Angestellten dazumal doch irgendwie wie eine Familie für mich gewesen. Was wohl aus der lieben Germaine geworden war? Ob sie noch am Leben war? Ich schob diese Gedanken bald beiseite, mussten wir doch Louises grosse Reise planen.

Und so fuhr Louise im Frühling nach Kobis Tod nach Paris. Ich weiss nicht mehr, wie lange sie genau in Paris war, ich glaube, es waren vier Monate. Sie hat aber ihre Zeit gut genutzt; am Tag habe sie gearbeitet und nach Feierabend noch ihre eigenen Kreationen gezeichnet, erzählte sie mir später. So sei ihr wenig Zeit geblieben, um sich Paris anzusehen. Aber den Eiffelturm habe sie sich unbedingt ansehen wollen; dieser war ja erst ein paar Jahre nach meiner Zeit dort erbaut worden, und so hatte ich sie gebeten, mir eine Postkarte davon zu kaufen. Louise erzählte mir nach ihrer Rückkehr von dem unglaublichen Turm, der sogar die Wolken berühren würde. Sie sei die Treppe hinaufgegangen,

Inserat der Pension von Grünigen, 1899.

bis in den ersten Stock, da es zu teuer gewesen sei, mit dem Lift zu fahren. Noch schlimmer als Bergsteigen sei das gewesen, meinte sie. Ich konnte kaum glauben, dass es ein so grosses Bauwerk überhaupt geben konnte. Schints[10)] war es der grösste Turm der Welt!

Nachdem Louise zurückgekehrt war, waren die Leute im Dorf natürlich gwundrig[11)], was sie zu erzählen hatte. Ich und meine Schwägerin hatten Louises Wohnung vor ihrer Rückkehr wieder zurechtgemacht und Lebensmittel besorgt; sie sollte sich doch wieder wohlfühlen, wenn sie nach Hause käme. Wir hatten uns so viel zu erzählen. Während ihrer Abwesenheit war nämlich auch hier im Dorf einiges passiert. Eine Pferdepost fuhr nun regelmässig von Saanen nach Lauenen. Diese Neuigkeit freute Louise besonders, denn sie hatte dort eine liebe Cousine, welche sie nun des Öfteren würde sehen können. Ausserdem war eine neue Pension eröffnet worden; Christian von Grünigen hatte diese in seinem Elternhaus eröffnet, um Reisende zu beherbergen. Voller Stolz hatte mir Christian, als er auf einen Schwatz bei mir in der Bäckerei gekommen war, das Inserat gezeigt, welches er im «Anzeiger von Saanen» sowie im «Bund» veröffentlicht hatte. Er las es mir vor: «Neue Pension im Ebnit bei Saanen», stand dort. Ich fragte ihn, warum er denn nicht sage, dass seine Pension in Gstaad liege? «Niemand kennt Gstaad! Es ist ja kaum auf einer Landkarte zu finden. Aber Saanen ist allen ein Begriff», hatte Christian erwidert. Ich war etwas verwundert darüber, und erzählte dies dann meinem guten Freund Grossrat Carl Reichenbach, welcher sich doch sehr dafür einsetzte, dass die Eisenbahn nach Gstaad kommen würde. Carl wurde zornig und hat dann Christian dazu veranlasst, dies schnurstracks zu ändern, was dieser dann auch tat.

Nachdem Louise beim Dorfbrand ebenfalls ihr Daheim verloren hatte, hat sie ihr Schneideratelier dann in der Scheune von Carl Reichenbach notdürftig weiter betrieben. Wie wir alle

hat sie im Jahr nach dem Brand ihr Haus wieder aufgebaut, direkt neben meinem. Sie nannte es «Brunnehus», da es eben neben dem Dorfbrunnen stand. Sie hatte zwei schöne Ladenlokale im Erdgeschoss bauen lassen. Das eine benutzte sie als ihr Atelier, wo sie auch ein kleines Schaufenster hatte und dort ihre Hutkreationen ausstellen konnte. Das andere Lokal vermietete sie an den Uhrenmacher Louis Villiger, welcher erst kurz zuvor nach Gstaad gekommen war. Louise wohnte im ersten Stock mit den noch unmündigen Kindern. Es war für Louise und die fünf schulpflichtigen Kinder recht eng in der doch eher kleinen Wohnung, aber sie hat sich dort wohl gefühlt. Ihr Geschäft florierte und die Hutkreationen verkauften sich gut. Der Entscheid, nach Paris zu gehen, hatte sich für Louise eindeutig gelohnt

Links Hotel Rössli, mittig die Salzhütte und davor der Dorfbrunnen, rechts das neue Haus mit Modistengeschäft von Hutmacherin Louise von Siebenthal-Raaflaub, Foto 1905.

Das neue Haus

Wir mussten an die uns unbekannte Zukunft, an der wir nun so eifrig bauten, glauben. Wir liehen uns Geld von allen Verwandten, um unser Haus rasch wieder aufbauen zu können; wir konnten ja nicht ewig bei meiner Nichte wohnen bleiben. Mein Bruder Gottfried wollte auch seinen Schlosserberuf rasch wieder ausüben, er musste ja wieder Geld verdienen und konnte nicht einfach ohne Arbeit sein. Er war ein unruhiger Geist und herumsitzen tat ihm nicht gut. Ich war in meinem provisorischen Ladenlokal, welches ich im ehemaligen Salzladen von Emanuel von Grünigen hatte einrichten dürfen, wohl willkommen, aber ich konnte dort ja nicht backen. So einigten ich und Gottfried uns bald darauf, einen Neubau zu realisieren. Gottfried fing an zu planen, denn das machte er sehr gerne und gut. Wir entschieden uns, das neue Haus so zu bauen, dass unsere Familien getrennt leben konnten. Es hatte in der Vergangenheit ja öfters mal Reibereien gegeben, und diese wollten wir künftig vermeiden. Also bauten wir ein in der Mitte getrenntes Doppelhaus mit zwei Eingängen und Treppenhäusern, mit je einer Toilette. Dieses grosszügige Haus würde auch unseren Geschäften mehr Platz bieten.

Allen Brandgeschädigten ging es ähnlich. Alle mussten wieder eine Existenz aufbauen und auf lange Zeit konnte und wollte niemand auf das Wohlwollen von Verwandten und Bekannten

Familien Steffen und von Siebenthal vor dem soeben bezogenen Haus, wo die Balkone noch fehlen. Rechts im Bild der Brandschutt der alten Wirtschaft Hutzli, Foto Oktober 1899.

angewiesen sein. Im Frühling nach dem Brand, kaum war der Schnee geschmolzen, wurden die zerstörten Häuser mit ihren Geschäften wieder aufgebaut. Die neuen Häuser wurden allesamt aus Stein errichtet, da nach dem Brand nicht genügend trockenes Bauholz für die neuen Gebäude vorhanden war. Ausserdem hatten wir nunmehr grosse Angst, in Holzhäusern zu wohnen; zu leicht wurden diese Opfer der Flammen.

Die abgebrannte Wirtschaft Sternen, welche neben dem grossen Haus des Regierungsstatthalters gelegen hatte, wurde nicht mehr aufgebaut. Wir Dorfbewohner hatten diese Wirtschaft in der Vergangenheit nach ihrem Besitzer David Kohli stets «Kohlis Pinte» genannt. Nach dem Dorfbrand wollte Davids Sohn Gottfried die Wirtschaft am selben Standort neu erbauen, konnte von Martha Zwahlen jedoch kein Land kaufen, da sie dieses ja verflucht hatte. So kaufte Gottfried Kohli die Brandstätte des alten «Spittel», des ehemaligen Armenhauses, auf der gegenüber liegenden Strassenseite, und erbaute dort unmittelbar nach dem Dorfbrand das Hotel Olden; selbst der Name sollte nicht mehr an die alte Wirtschaft erinnern. Der Besitzer des alten «Spittel», Schreiner Johann Meier, hatte nach dem Brand keinen Mut mehr gehabt, ein neues Haus zu bauen; er hatte deshalb die Brandstätte verkauft und war weggezogen.

Der Gstaadbrand hat auch die Familie von Sämi Müllener-Haldi beinahe in den Ruin getrieben. Sämi war Schwellenmeister bei der Gemeinde und hat sich kurz vor dem Brand bei einem Arbeitsunfall das Bein schlimm gebrochen, und es hatte an ein Wunder gegrenzt, dass ihm das Bein nicht hatte amputiert werden müssen. Sämi stand mit seiner achtköpfigen Familie nun ebenfalls vor dem Nichts. Gott sei Dank kamen sie am Cheseri-Platz bei seiner alten, ledigen Tante in einem verlotterten Haus unter. Wie ich mich freute, dass diese nette Familie, welche im Dorf allseits geschätzt war, wieder ein Dach über dem Kopf und eine endgültige Bleibe gefunden hatte. Auch die fünfköpfige Familie von Peter Fleuti fand in der «Cheseri»[8] eine Wohnung, in welcher sie allerdings die Küche und das WC mit zwei anderen Familien teilen mussten; doch dies war unter

armen Leuten gang und gäbe. Peter sollte noch jahrelang in diesem Haus wohnen bleiben, als auch seine Frau längst gestorben und die Kinder ausgezogen waren. Im Winter hat er seine Hühner dann jeweils in seine Wohnstube geholt, damit sie draussen in der Kälte nicht erfrieren würden; denn die Stube war der einzige Raum, den er ein wenig heizen konnte. Aber arm und genügsam, wie er war, hat es ihn weiter nicht gestört, seine Bleibe mit dem Federvieh zu teilen.
Im Oktober 1899 konnten wir dann endlich in unser grosses, neues Haus einziehen. Welches Glück ich empfand! Und die Kinder erst, für welche dieses neue Haus auch das Ende einer schweren und ungewissen Zeit markierte. In den oberen Stockwerken befanden sich auf jeder Hausseite drei Wohnungen. Die erste Etage war für uns bestimmt und die oberen Wohnungen vermieteten wir, damit wir das Haus abzahlen konnten. Meiner Nichte und ihrer Familie war ich unendlich dankbar, dass sie uns im Moment grösster Not bei sich aufgenommen hatten. Immerhin hatten wir ganze 14 Monate bei ihnen wohnen dürfen!
Im neuen Haus gab es zwar Strom – diesen hatten wir im alten Haus auch schon drei Jahre vor dem Brand gehabt –, aber nach wie vor kein fliessendes Wasser. Das musste man sich noch immer am Dorfbrunnen am Gstaadplatz, an dem alle Bewohner des Dorfes beteiligt waren, holen. Die Wäsche wurde von uns Frauen also weiterhin im «Wäschhüsi» am Lauibach gewaschen. Was für eine schwere Arbeit das war. Einmal im Monat wuschen wir dort die Kleider, und zweimal im Jahr fiel die grosse Wäsche an, jeweils im Frühling und im Herbst. Dabei bedeuteten die grossen Leintücher die meiste Arbeit. Nur zu zweit oder gar zu dritt konnten wir die schweren Tücher aus der kochenden Wasserlake hieven, um sie danach in den grossen, gemauerten Spülbecken auszuwaschen und auszuwringen. Auch die kleineren Kleidungsstücke gaben viel Arbeit, mussten wir dem Schmutz doch mit Stampfer, Waschbrett, Bürste und Seife zu Leibe rücken. Mit schmerzenden Händen und völlig ermüdet von der dampfenden Hitze kamen wir Frauen und Mädchen – jede musste mit anpacken – jeweils von den Waschtagen zurück. Und doch

Links der alte Dorfteil mit Hotel Rössli, rechts die nach dem Brand neu erstellten Steinhäuser. Vorne rechts im Bild die grosse Zwahlen-Reichenbach Matte mit den noch sichtbaren Ruinen der verbrannten Häuser, Foto 1913.

zählen diese Tage zu den schönsten Erinnerungen, welche ich habe. Waren es doch stets Tage, an welchen wir Frauen ungestört zusammen lachen, über die Mannen tratschen und uns gegenseitig Mut zusprechen konnten; wurde doch manch eine Frau von ihrem Mann nicht gut behandelt oder gar geschlagen. Das schweisste uns Frauen zusammen.
Wie war ich glücklich, im neuen Haus meine Bäckerei und Laden wieder betreiben und endlich wieder Brot backen zu können. Das Glück im Unglück war, dass meine alte Backstube im Untergeschoss den Brand des Hauses einigermassen heil überstanden hatte und noch brauchbar war. Im Fussboden waren immer noch die alten Ziegelsteine mit der eingepressten Jahrzahl 1709 eingelassen, dem Gründungsjahr der alten Bäckerei. Diese Ziegel waren nun nicht nur Zeitzeugen und eine Erinnerung, sondern wurden für mich irgendwie zum Symbol der Widerständigkeit und des Wiederanfangs. Mein Bruder «Magnüssi» arbeitete auch wieder mit mir in der Backstube und mein Sohn Benz half ihm jeden Tag nach der Schule. Mein Bruder hat ihn nämlich für den Bäckerberuf begeistern können, und so hat er nach der Konfirmation bei ihm die Bäckerlehre gemacht. Oft hörte ich die beiden unten in der Backstube lachen, und das erfreute mein Herz. Das Leben und die Freude waren zurückgekehrt in unser Haus – ich wollte daran glauben, dass nun alles gut werden würde. Doch das Glück jener Tage, welches mit dem neu aufgebauten Dorf wieder in die Häuser und Herzen einzog, war zerbrechlich.

Neues Leben blüht aus den Ruinen.

Unsern werten Kunden sei hiermit die Mitteilung gemacht, daß wir unser Geschäft vom nächsten Freitag den 13. Oktober an **in unser neues Haus verlegen** werden. Wir danken unsern treu gebliebenen Kunden aufs herzlichste und bitten dieselben, uns weiter mit ihrer Kundschaft zu ehren.

Auch den innigsten Dank allen denen, die uns mit ihrer Hilfe in unserem Unglück beigestanden sind.

Indem wir uns immerfort bemühen werden, unsere Gönner gut zu bedienen, empfiehlt sich einem werten Publikum

Gstaad, den 9. Okt. 1899. **Witwe E. Steffen & Kinder.**

Inserat für das neue Geschäft von Emilie nach dem Einzug ins neue Haus, Oktober 1899.

Die neu gebauten Steinhäuser im Dorf, Foto 1914.

Die Familie vor dem neu erbauten Haus. Von links: Sohn Ernst, Protagonistin Emilie, Töchter Emilie und Aline sowie Bruder Gottfried und Schwägerin Louise, welche 1872 das Eisenwarengeschäft gegründet haben, Foto 1901.

Bruder Gottfried (2. von links) mit seinen Söhnen Gottfried II, Walter und Fritz vor ihrer Schlosserei, Foto 1900.

1903

Tod des Bruders

Am ersten sonnigen Tag im Juni 1903 ist mein Bruder Gottfried überraschend gestorben. Wir konnten es alle nicht glauben, denn am Morgen desselben Tages war er noch voller Tatendrang aufgestanden und hatte zu seiner Frau Louise gesagt: «Ich fühle mich wie ein Fisch im Wasser!» Als er am selben Tag mittags schweissüberströmt und der Ohnmacht nahe vom Arzt, den wir extra von Saanen hatten kommen lassen müssen, untersucht wurde, stellte dieser fest, dass sein Blinddarm geplatzt und eine schwere Entzündung im Gange war. «Ich kann nichts mehr für ihn tun», meinte der Arzt. In der Nacht darauf, nach einer qualvollen Agonie, verliess uns mein geliebter Bruder.

Die ganze Dorfschaft war geschockt, dass ds «Isegödi», wie er genannt wurde, so unverhofft hatte gehen müssen. Er wurde im Wohnzimmer aufgebahrt, sodass die Leute vorbeikommen, von ihm Abschied nehmen und Louise ihre Anteilnahme aussprechen konnten. Ich war in diesen Tagen stets an ihrer Seite und schaute zu, dass sie einigermassen zurechtkam und sich auch ordentlich kleidete. Ich musste sie am Morgen jeweils aus dem Bett ziehen, einmal war sie gar im Wohnzimmer neben Gottfrieds Sarg eingeschlafen, und ich habe die arme Seele am Morgen dort gefunden, mit von Tränen verquollenen Augen.

Drei Tage nach seinem Tod wurde mein Bruder dann unter grosser Anteilnahme in Saanen auf dem Friedhof beerdigt. Sein Sarg wurde, wie es gang und gäbe war, auf einem offenen Pferdewagen von zu Hause bis zur Kirche Saanen gefahren, begleitet vom dunklen Trauerzug der Dorfbewohner, welche ihm die letzte Ehre erwiesen. Die liebe Louise hat sich von seinem plötzlichen Tod nie erholt und ist kaum ein Jahr später an einem gebrochenen Herzen gestorben.
Kurz nach dem Tod seiner Mutter Louise hat der junge Gottfried Nachbarin Emilie Reuteler geheiratet. Sie war die Tochter vom «Rössli»-Besitzer Samuel Reuteler, welcher von dieser Heirat nicht begeistert war. Es ziemte sich nicht, dass eine Hotelierstochter einen Dorfschlosser heiratete. Und obwohl er für Samuel kein Traumschwiegersohn war, kam mein Neffe Gottfried gut mit Samuel klar. Ich sah die beiden oft zusammen «dorfen»[4)] drüben beim «Rössli», und ich denke, dass Gottfried ihm schon noch ans Herz gewachsen ist. So durfte er dann auch das wunderschöne Wirtshausschild aus Schmiedeeisen am Hotel Rössli herstellen. Er hatte sich ja in Burgdorf zum Kunstschlosser weitergebildet; das war eine Ausbildung, welche sich sehen lassen konnte. Er war aber nicht nur künstlerisch begabt, sondern auch musikalisch. Oft musizierte er mit seinen beiden Brüdern hinten im Hof oder im Winter, wenn es kalt war, gar in ihrer Schlosserei. So überraschte es mich nicht, dass die drei von Siebenthal-Brüder dann die Gstaader Dorfmusik gründeten. Die Musik brachte so neue Freude und Lebendigkeit in unsere Häuser und Familien.

Gottfried II mit seiner ersten Frau Emilie Reuteler, Foto 1904.

Die Eisenbahn kommt

Was im Dorf bereits seit Jahren gemunkelt und von vielen herbeigesehnt worden war, wurde nun Wirklichkeit: Unser Tal sollte endlich von der Eisenbahn erschlossen werden. Die Eisenbahngesellschaft MOB in Montreux hatte ursprünglich geplant, die Linie direkt von Saanen nach Schönried zu führen und dabei Gstaad, welches ja weiter hinten im Tal liegt, auszulassen. Das Terrain für den Bau des Bahnhofs Saanen oberhalb der Kirche war bereits ausgeebnet worden, als dann im letzten Moment doch noch entschieden wurde, die Linie mit einer Schlaufe über Gstaad zu bauen und von dort aus über Gruben nach Schönried zu gelangen.
Diesen Entscheid, welcher sich für Gstaad als Segen erweisen würde, hatten wir Grossrat Carl Reichenbach zu verdanken. Er war der grösste Landeigentümer und gleichzeitig auch der grösste Arbeitgeber im Tal. Er und seine Familie besassen viele Häuser sowie zwei Sägereien. Carl war also sehr interessiert an einer guten Transportmöglichkeit für sein Holz. Es war natürlich viel einfacher, das Holz am Bahnhof Gstaad zu verladen, als dieses wie bis anhin mit den Pferdetransporten nach Bulle oder gar Thun zu bringen. Ihm lag jedoch auch die Entwicklung von Gstaad durch den Fremdenverkehr am Herzen; sah er doch wohl, dass die grosse Armut und Arbeitslosigkeit, welche so weit zurückreichten, wie wir alle denken konnten, durch den Fremdenverkehr endlich zum Besseren gewendet werden konnten.

Bau der Eisenbahnbrücke.
Darunter das Reichenbach-Haus.
Foto 1904.

So hat er sich jahrelang für die Linienführung der Eisenbahn nach Gstaad eingesetzt und sich schlussendlich auch durchsetzen können. Ich würde ihm dafür ewig dankbar sein.
So wurde ab 1904 eifrig am Bahndamm und den zwei Brücken im Gstaad gebaut. Im Dorf musste viel Terrain aufgeschüttet, dahinter viel Wald abgetragen werden. Die vielen fremden Arbeiter, welche daran beteiligt waren, gaben uns einen Vorgeschmack auf die vielen Gäste, welche mit der Eisenbahn nun bald kommen würden. Man freute sich darauf, aber wohl hatten viele von uns auch ein bisschen Angst vor den grossen Veränderungen, welche nun auf uns zukommen würden.

Im Juli 1905 stand endlich die Eröffnung der MOB-Eisenbahnlinie an. Diese war die erste elektrische Alpenbahn der Schweiz und somit eine grosse Sensation. Die Einweihung wurde mit einem grossen Volksfest begangen. Alles, was Rang und Namen hatte, war am Bahnhof Gstaad zugegen, als der erste Zug, geschmückt mit Girlanden und begleitet von Musik der Harmonie Saanen, von Zweisimmen her eintraf. Wie war das beeindruckend! Die Lokomotive hupte, und lachende Menschen winkten aus den schönen neuen Wagen. Die gedrängte Menge von Männern in dunkelfarbigen Anzügen und Hüten und Frauen in ihren Sonntagstrachten, welche am Bahnsteig standen, winkten zurück. Laut schreiende Schuljungen, die von der Sache wenig mehr verstanden, als dass sie dadurch einen freien Schultag erhalten hatten, liefen vor dem Zuge her. Grossrat Carl Reichenbach strahlte über das ganze Gesicht, er konnte ja auch stolz sein, denn ihm war es ja hauptsächlich zu verdanken, dass das Dorf mit der Bahnlinie erschlossen worden war. Er erhielt für seinen grossen Verdienst einen Pokal, den er strahlend in Empfang nahm. Mit grossem Stolz erfüllte Carl, dass die Eisenbahnschlaufe in Gstaad seinen Namen erhielt; Diese wurde bald «Reichenbach-Schlaufe» oder Französisch «Contour Reichenbach» genannt. An diesem Anlass waren mehr als 400 Gäste geladen und für das Fest war zwischen dem Schulhaus und der Kapelle eine grosse Festhütte aufgestellt worden, da es im ganzen Dorf keinen Saal gab, in dem so viele Leute Platz gehabt hätten. Eine Schar von Köchen und Kellnern war für das leibliche Wohl von uns Gästen besorgt, die wir dieses Ereignis wie ein Versprechen für eine bessere Zukunft feierten.
Zu meinem grossen Erstaunen hatte man nämlich auch mich zum Festmahl eingeladen. Carl Reichenbach selbst hatte dies so gewollt, um mir eine Freude zu machen. In den schwierigen Jahren nach dem Dorfbrand hatte ich ja immer wieder Rat bei ihm gesucht, und er war oft auf einen Schwatz zu mir in die Bäckerei gekommen. Oft hatten wir über die Zukunft von Gstaad philosophiert. Da die Leute bei mir in der Bäckerei mit loser Zunge zu schwatzen pflegten, wusste ich stets, wie es um die

Bahneinweihung mit Festzug, 1905.

Sorgen und Nöte der Dorfbevölkerung stand. Dies war wohl mit ein Grund, warum auch Carl mich in wichtigen Angelegenheiten oft um Rat fragte; zu ihm waren die Leute nämlich zurückhaltender, war er doch ein wichtiger Mann.
So fand ich mich am Tisch mit ihm und Herrn Zehnder, dem Direktor der MOB, wieder. Carl hat wohl auch gedacht, dass ich für den Bahndirektor eine interessante Tischnachbarin wäre, da ich doch als eine der wenigen im Dorf gereist war und fliessend Französisch sprach. Carl hat mich Herrn Zehnder als «La dame la plus importante de Gstaad» vorgestellt, der wichtigsten Frau Gstaads. Dies freute mich sehr, doch ich war mir diese Art von Aufmerksamkeit nicht gewohnt, und so muss ich wohl rot angelaufen sein, denn ich fühlte die Hitze in meinem Gesicht. Gottlob war mein schöner Hut, den ich bei Louise extra für diesen Anlass gekauft hatte und auf den ich besonders stolz war, mit roten Blumen bestickt, so ist es wohl nicht so aufgefallen. Wir unterhielten uns über das Dorf, und sogar über Paris, welches Herr Zehnder gut zu kennen schien. An diesem Tag wurde gelacht und gesungen, und die Sorgen und Schwere, welche das Dorf durchlitten hatte, schienen nun endgültig der Vergangenheit anzugehören. Seit langem habe ich mich nicht so wohl und geehrt gefühlt wie an diesem wunderschönen Tag. Beim Abschied küsste Herr Zehnder mir sogar die Hand und sagte: «Au revoir, Madame Gstaad!» Das war dann doch ein bisschen zu viel des Guten, aber ich habe das Kompliment sehr genossen.

Trachtendamen an der Einweihungsfeier der Eisenbahn 1905.

Einweihungsfeier der Eisenbahn. Vor der Festhütte in der Mitte von links der Gründer des Anzeigers von Saanen, Ruedi Wehren; Regierungsrat Ritschard; Grossrat Carl Reichenbach mit dem Pokal für seine Verdienste. Foto 1905.

Eine neue Zeit bricht an

Die Eisenbahn war tatsächlich der Beginn einer neuen Zeit. Von einem Tag auf den andern wurde unser Dorf von vielen Fremden aufgesucht. Rasch hat sich herumgesprochen, dass diese prächtige elektrische Eisenbahn durch eine unglaublich schöne Gegend führt. Natürlich sind zuerst nur wenige Gäste in Gstaad ausgestiegen; viel gab es hier ja nicht zu sehen oder zu tun. Aber wenigstens haben sie auf der Fahrt Gstaad und das Saanenland kennengelernt.

Mit der Eisenbahn kam auch das Wasser. Gleichzeitig mit dem Bau der Linie sind nämlich auch unsere Häuser im Dorf endlich mit fliessendem Wasser versorgt worden. Es war für uns alle schier unglaublich, dass wir nun in der Küche und auf der Toilette fliessendes Wasser hatten. Wir standen in der Küche vor dem Wasserhahn und staunten einfach nur, wie das Wasser wie durch Zauberhand herausfloss. Benz und Ernst waren froh, denn endlich war für sie das mühsame Wasserholen am Dorfbrunnen vorbei. Drei Jahre später wurde dann auch die Kanalisation gebaut, was das Ende der Plumpsklos bedeutete. Dies war für alle ein grosser Fortschritt und eine grosse Erleichterung.

Mit der Bahn kam noch mehr ins Rollen. An einem Sommertag, es musste kurz nach dem Einweihungsfest gewesen sein, kam ein freundlicher, elegant gekleideter Herr in die Bäckerei.

Er fragte mich, ob ich Frau Steffen sei. Ich fragte verwundert zurück, was er von mir wolle. Der Postkutscher habe ihm gesagt, er solle zu mir kommen, wenn er etwas über das Dorf wissen wolle, entgegnete er. Sein Name sei Hans Reber und er sei Arzt. Er habe gehört, dass es in Gstaad noch keinen solchen gebe. «Ja, das ist so», antwortete ich ihm und fügte gleich noch bei: «Wir wären froh, hier einen Doktor zu haben, dann müssten wir nicht immer bis nach Saanen gehen!» Allem Anschein nach habe ich ihm die Antwort gegeben, welche er hören wollte, denn kurz darauf eröffnete Doktor Reber in einer Wohnung im neu erbauten Haus der Papeterie im Unterdorf eine Praxis. Carl Reichenbach, der immer das Neueste wusste, sagte mir, dass der neue Arzt aus Ins komme, das sei im Seeland. Im «Anzeiger» stehe, dass er in Bern studiert und dann sogar in England gearbeitet habe. Er habe eine Praxis auf dem Land gesucht und sei auf den Bau der MOB aufmerksam geworden und habe sich gedacht, dass Gstaad mit dem aufkommenden Fremdenverkehr einen Aufschwung erleben und er dort Arbeit finden würde. Das bestätigte uns in unserem Glauben, dass mit der Eisenbahn viel Gutes kommen würde.
Bald war Doktor Reber im Dorf gut bekannt, er machte in verschiedenen Vereinen mit und interessierte sich sehr für Sport. Auf sein Anraten hin habe ich dann bei einer lieben Frau in Saanen einen Platz für Söfeli gefunden, wo sie gut untergebracht war. Dort hat sie, so gut es ging, im Haushalt mitgeholfen, und war eigentlich sehr zufrieden und glücklich. Ich war beruhigt, meine jüngste Schwester nun an einem guten Platz zu wissen und so im Alltag weniger Verantwortung tragen zu müssen.

Das neu erbaute Hotel Bahnhof,
Foto 1905.

AHNHOF

Postkutschen nach Gsteig (vorne) und Lauenen (hinten) vor dem Postlokal gegenüber dem «Rössli». Im Hintergrund das neue von Siebenthal-Steffen-Huus (verdeckt) sowie das Tea-Room Steffen.

Widerstand kommt auf

Nach jahrhundertelanger Abgeschiedenheit von der übrigen Welt kamen also quasi über Nacht plötzlich Fremde in unsere Gegend. Von der ständig zunehmenden Gästeschar aus halb Europa fühlten sich viele Einheimische überrumpelt. Die Gäste sprachen Sprachen, welche wir Einheimischen noch nie gehört hatten, waren anders gekleidet und hatten andere Sitten. Französisch war uns wohlbekannt, haben die Saaner doch stets mit den Dörfern im angrenzenden Waadtland Kontakt gehabt; manch ein Einheimischer hat dort auch ein Weib oder einen Mann gefunden. Aber die anderen Sprachen waren den allermeisten von uns Einheimischen nicht geläufig, und vielen wohl auch nicht geheuer.

So war einer der ersten Beschlüsse des neu gegründeten Verkehrsvereins, eine Broschüre herauszugeben, um die einheimische Bevölkerung zu informieren, wie man mit den Gästen umzugehen habe. Darin stand, dass man vor allem freundlich sein soll. Das war nämlich in der Anfangszeit des Fremdenverkehrs nicht gerade selbstverständlich, denn viele von uns mussten sich zuerst an die fremden «Eindringlinge», wie man sie desweilen auch nannte, gewöhnen.

Die Pension Oldenhorn auf dem Oberbort bekam diese Feindseligkeit bald zu spüren. Es war die erste Pension, welche in Gstaad eröffnet worden war. Emil von Siebenthal, von Beruf

Schneider, hatte diese in seinem Elternhaus eingerichtet und dort ein paar «Fremdenzimmer» vermietet. Er war sehr aktiv und hat sogar im «Anzeiger» Werbung machen lassen: «Ich bin stolz, dass in meiner Pension in der ersten Saison bereits Gäste aus Deutschland, Italien, Frankreich, Belgien, England, Holland und sogar aus Russland abgestiegen sind», stand dort. Er hatte sogar eigenhändig Ruhebänke und Wegweiser gezimmert, welche er an seinem eigens erstellten Wanderweg gegen das Turbachtal aufgestellt hat. Diese wurden jedoch regelmässig von Nachbarn und Gegnern des Fremdenverkehrs weggeräumt oder gar zerstört.

Diese Vorkommnisse waren Vorboten für ein Ereignis, das mich sehr traurig stimmte und alte Geister weckte. Im Oktober 1906 wurde die Pension Oldenhorn nämlich böswillig angezündet und ist daraufhin total verbrannt. Die Brandstifter, welche man nie hat ausfindig machen können, haben vorsorglich sogar beide Brunnen beim Haus mit Lehm verstopft, sodass kein Wasser für die Brandlöschung vorhanden sein würde. Man erzählte sich nach dem Brand im Dorf, Emils kranker, bettlägeriger Vater habe

Oberbort — **Saanen** — Schweiz

PENSION OLDENHORN

Oberländer-Châlet. — 1100 Meter über Meer.

Gute Betten. Mäßige Preise. Milch-, Luft-, Wasser- nnd Badekuren. Eigene Garten- und Waldanlagen mit Pavillon und Ruhebänken. Herrlicher Blick auf den Gebirgs- und Gletscherkreis: Rüblihorn, Wittenberghorn, Oldenhorn, Wildhorn, Gifferhorn, Gumfluh, Staldenfluh, Windspillberg, Lauenen, Niesen &c. — Erholungsbedürftigen und Touristen bestens empfohlen von

1-3 3 **Emil v. Siebenthal.**

Werbung für die Pension Oldenhorn, 1899.

aus dem obersten Stockwerk um Hilfe geschrien. Da aber keine Leiter vorhanden gewesen sei und die Treppe bereits gebrannt habe, sei ein mutiger Feuerwehrmann, Hänseli Werren aus der Krambrücke, über die Fassade hochgeklettert und habe – man kann es kaum glauben – den alten Mann auf seine Schultern gepackt und ihn über die Fassade in Sicherheit getragen. Ob dieser Heldentat von Hänseli haben die Leute, welche sonst eher über ihn lästerten, ihm wohl auch verziehen, dass er ab und zu am «Frävle»[12)] war. Er, der Kleinbauer und Wildhüter war, hatte nämlich zehn Kinder und die waren wohl dankbar, etwas mehr gutes Fleisch zu bekommen.
Diese traurige Episode war aber zum Glück ein Einzelfall. Im Grossen und Ganzen stand die Bevölkerung dem Fremdenverkehr positiv gegenüber, bedeutete dieser doch eine Vielzahl neuer Möglichkeiten. Die Zeit der Armut und Auswanderung schien vorbei. Nun kamen die Leute zu uns, anstatt dass wir Einheimischen wegziehen mussten.

Die Familie

Nicht nur im Dorf gab es in dieser Zeit viel Neues, auch in meiner Familie hat es einige Veränderungen gegeben. Meine Tochter Emilie, welche kurz nach dem Gstaadbrand einen Studienkollegen von Robert, Walter Beck, geheiratet hatte und nach Bern gezogen war, hatte mittlerweile zwei Töchter: Margrit und Blanche. Ich war glücklich in meiner neuen Rolle als Grossmutter. Es machte mir Freude, die Grosstöchter zu verwöhnen. Sie kamen ja nicht allzu oft nach Gstaad, aber wenn sie da waren, buk ich allerlei Süssigkeiten, welche die Mädchen liebten.

Mein Sohn Robert hat nach dem Seminar in Bern während drei Jahren kurz vor der Jahrhundertwende an der Turbachschule unterrichtet. Danach zog es ihn wieder nach Genf, wo er an der deutschen Schule Französisch unterrichtete. Bevor er wieder nach Gstaad zurückkehrte, hatte er noch ein Jahr lang an einer Privatschule in London Deutsch und Französisch unterrichtet; derweil hat er dort selbst an einer Sprachschule Englisch gelernt. Wie war ich stolz auf ihn, als er kurz nach seiner Rückkehr zum Sekundarlehrer an die hiesige Schule gewählt wurde. Für mich, welche nur ein Jahr zur Schule gegangen war und weder richtig lesen noch schreiben konnte, war dies eine unglaubliche Befriedigung. In dieser Zeit verliebte Robert sich in Emma Rieben aus dem Ebnit. Kurz nachdem sie sich verlobt hatten, ist Emma jedoch plötzlich krank geworden und bald verstorben. Robert war untröstlich. Auch mir tat es sehr weh, denn ich hatte die ruhige Emma sehr gemocht. Ich fragte mich, warum vielen guten, jungen Menschen kein langes Leben vergönnt war, während viele böse und hinterhältige alt werden durften. Aber solche Gedanken – wie viele andere – behielt ich lieber für mich.

Robert, welcher ein Ästhet war, entdeckte alsbald seine Leidenschaft für die Fotografie. Er hatte sich eigens einen Fotoapparat gekauft; dies war eine teure Sache. Er machte Fotos vom Bau der Eisenbahn, den neuen Hotels und von unserer Familie. Ich hatte schon lange ein Familienbild machen lassen wollen, nun bot sich endlich die Gelegenheit. Meine Töchter wollten schöne Fotos mit eleganten Kleidern und so fragte ich Louise, ob sie uns ein paar Hüte ausleihen würde. Ich hatte kein Geld gehabt für Hüte, welche wir danach nie mehr tragen würden. Wir sind dann extra zusammen nach Lauenen gefahren, um dort schöne Bilder zu machen. Beim Torbogen vor der Kirche haben wir posiert. Ernst, mein Jüngster, wollte nicht mit auf das Bild. Robert entschied: «Wir posieren und du drückst auf den Auslöser der Kamera!» Die Fotos sind sehr gut geraten und Louise stellte sie ins Schaufenster, um für ihre Hutkreationen Werbung zu machen. Das kam uns zwar seltsam vor, aber gleichzeitig amüsierte es uns auch, unser Abbild in einem Schaufenster ausgestellt zu sehen.

Tochter Aline hatte ebenfalls Lehrerin werden wollen, und Robert hat ihren Entschluss sehr unterstützt. So war auch sie für eine Weile nach Bern gezogen, um dort am Lehrerinnenseminar zu studieren. Nach ihrer Rückkehr unterrichtete sie erst an der Bissenschule, später an der Gstaadschule, und wohnte so wieder bei mir in der Wohnung oberhalb der Bäckerei. Es war schön, sie wieder um mich zu haben, half sie mir doch auch im Haushalt, welcher langsam beschwerlich für mich wurde.

Zu jener Zeit wurde die mittlere Klasse in der alten Wegkapelle unterrichtet, denn im grossen Schulhaus nebenan war der Platz nunmehr knapp geworden; es hatte ja damals so viele Kinder. Aline unterrichtete dort aber nicht besonders gerne, denn im

Winter war es recht kalt, obwohl die Gemeinde extra einen Eisenofen installiert hatte. Oft kam sie mit eiskalten Händen und Füssen nach Hause und setzte sich erst zum Ofen, bevor sie mir von ihrem Tag und den Unarten der Kinder erzählte. Sie war streng und hatte nicht viel Geduld mit den Schülern. Ich habe immer wieder versucht, sie daran zu erinnern, dass es doch normal sei, dass Kinder nicht den ganzen Tag stillsitzen können. Ich befürchtete jedoch, dass mein Zureden nicht viel geholfen hat. Irgendwie erinnerte mich Alines Härte an die meines Vaters. Sie waren von dem Schlag Mensch, welcher den anderen eher misstrauisch gegenüberstand und sich selbst wohl auch nicht recht mochte. So überraschte es mich auch nicht, dass Aline nicht heiraten wollte und alleine blieb.

*Die Familie in der Stube.
Von links: Schwiegersohn Walter Beck,
Sohn Robert, Tochter Emilie,
Tochter Aline, Sohn Benz mit seiner Frau,
Foto ca. 1910.*

Emilie und ihre Kinder vor der Kirche Lauenen, mit Hüten von Hutmacherin Louise.
Von links: Emilie, Robert, Benz, Emilie und Aline, Foto 1908.

Die Kapelle, welche lange
als Schulstube gebraucht wurde,
Foto 1910.

Cover des ersten Prospektes von Gstaad, 1908.

Das Dorf entwickelt sich

Es gab Tage, an denen ich durchs Dorf ging und selbst kaum glauben konnte, wie sich unser Weiler in nur wenigen Jahren seit der Ankunft der Eisenbahn verändert hatte. Es waren viele Hotels und neue Häuser erbaut worden; wenn nur mein lieber Benz dies hätte sehen können. Das erste Hotel war das Hotel Bahnhof gewesen, welches rechtzeitig zur Eröffnung der Eisenbahn erbaut worden war. Der Erfolg dieses Hotels hatte die Bauwut der Einheimischen angespornt: Bereits im Jahr darauf wurde das Hotel National erbaut – fünf Stockwerke hoch! Man munkelte, dass dies doch wahnsinnig sei, woher denn all die Gäste kommen sollten. Das National war damals das höchste Gebäude im Dorf und hatte sogar einen Lift. Das war eine Sensation hier, denn die meisten Einheimischen hatten so etwas noch nie gesehen. Seit meiner Zeit in Paris war ich selbst auch nie mehr in einem Lift gefahren und so fragte ich den Besitzer des Hotels, ob ich einmal mit Ernst, meinem Jüngsten, mitfahren dürfe. Ernst war begeistert von seiner ersten Liftfahrt. Mir wurde es etwas komisch im Magen, aber wir kamen Gott sei Dank wieder heil unten an.

Schon bald darauf folgte der Bau des Grand Hotel Alpina. Das Hotel war aber nicht wie üblich gegen Süden gerichtet, sondern zum Dorf hin, parallel zum Bahnhof, damit die Gäste von den

Zimmern und Balkonen aus dem Kommen und Gehen der Eisenbahn zusehen konnten. Die MOB war nämlich wirklich eine grosse Sensation! Das Hotel hatte sogar eine eigene Eisbahn, auch wenn diese nur für die gerade mal drei Wochen dauernde Wintersaison extra hergerichtet werden musste. Die Leute, welche zu mir in die Bäckerei kamen, wunderten sich, wie so etwas rentieren konnte, und waren etwas besorgt, ob es denn nicht alles zu viel sei, zu schnell gehe. Ich wusste keine Antwort darauf.

Innerhalb weniger Jahre sind zu Beginn des Jahrhunderts sage und schreibe zehn Hotels erbaut worden. Was mich besonders stolz machte, ist, dass alle Erbauer einheimisch waren. Ich fragte mich oft, woher sie das Geld hatten; denn kaum einer hatte hier zu viel davon. Ich denke, wir alle glaubten einfach an eine bessere Zukunft und waren vom Segen des Fremdenverkehrs überzeugt; so liess sich mancher auf riskante Spekulationen ein.

Auch mein Sohn Benz hatte grosse Pläne. Er war erst 21 Jahre alt, als er 1908 die Confiserie und Tea-Room Steffen auf der Brandstätte der alten Wirtschaft Hutzli neben unserem Haus eröffnete. Obwohl ich mir grosse Sorgen gemacht hatte, gab ihm der Erfolg recht. Besonders auf der Terrasse vor dem Tea-Room war es sehr gemütlich: Ich bin jeden Tag dorthin gegangen, um einen Kaffee zu trinken; war dieser doch viel besser als mein Filterkaffee daheim. Ermutigt durch den grossen Erfolg, baute Benz nur vier Jahre später sein zweites Tea-Room gleich neben der Dorfeisbahn im Untergstaad, wie man den neuen Dorfteil jetzt nannte.

Es sprach sich bald herum, dass Robert ein guter Fotograf war. Er hat gar im Eigenverlag ein paar Postkarten herausgegeben. Das war neu für Gstaad, aber allem Anschein nach war die Idee sehr gut, denn er verkaufte die Postkarten bestens. Sie wurden ein gerne gekauftes Andenken für die «Fremden», so haben wir die Gäste damals genannt. Diese Aufnahmen sind dann auch für den ersten Gstaad-Prospekt des Verkehrsvereins verwendet worden. So war das Fotografieren wohl für Robert auch eine Ablenkung nach dem plötzlichen Tod seiner Verlobten. Zum

Glück blieb er aber nicht lang allein; bald schon hat er sich nämlich mit der Schwester der verstorbenen Emma, Louise Rieben, verlobt. Wie dies zustande gekommen ist, war mir schleierhaft; aber die Liebe hat ja bekanntlich so ihre Wege, welche dem Verstand manchmal entgehen.
Die Liebe schien Robert jedoch zu beflügeln und er war nun wieder voller Ideen, um das Gästeangebot seines Dorfes aufzubauen. Da ihn die Tätigkeit als Sekundarschullehrer nicht vollauf befriedigte, widmete Robert sich dem Aufbau des Gstaader Fremdenverkehrs und dessen Organisationen. So war er auch Gründungsmitglied der Eisbahn im Dorf und Mitgründer des Verkehrsvereins und des Skiclubs. Er wollte auch einen Skikurs organisieren, wusste aber nicht so recht, wie er das anstellen sollte; gab es doch damals noch niemand im Saanenland, der Ski fahren konnte! So suchte und fand er in Kandersteg einen Herrn Müller, welcher nicht nur Bergführer war, sondern auch Ski fahren konnte. Im «Bund» liess er ein Inserat erscheinen, um den ersten Skikurs im Januar 1908 in Gstaad bekannt zu machen. Es meldeten sich über zwanzig Personen an; Hoteliers sowie der junge Dorfarzt Reber und auch meine beiden Söhne und Tochter Aline nahmen daran teil. Eigentümlich hat das ausgesehen, wie die Leute mit Holzbrettern an den Füssen und grossen Stöcken die verschneiten Berghänge heruntergefahren sind. Doch meine Kinder sagten mir, es mache grossen Spass, und so fanden daraufhin noch viele weitere Skikurse statt, an denen die Einheimischen das Skifahren erlernten. Wer hätte gedacht, dass dieser seltsame Sport schon bald zu einer der Hauptattraktionen der Region werden würde.

HO

Das neu eröffnete
Hotel National im Dorf,
Foto 1907.

Das erste Tea-Room von Gstaad, welches Emilies Sohn Benz 1908 neben seinem Elternhaus erbaut hat.

Die Elsässerin

Bekanntlich ist das Leben ein Rad, in dem sich Glück und Unglück unaufhaltsam abwechseln. So war auch das Glück meines Neffen Gottfried und seiner Frau Emilie nicht von Dauer. Zwei Jahre nach der Geburt ihres dritten Kindes ist die junge Frau verstorben. Sie hatte mehrere Wochen im Fieber gelegen, und niemand wusste, woran sie erkrankt war. Gottfried stand nun mit drei kleinen Kindern alleine da und war total verzweifelt. Innerhalb von wenigen Jahren hatte er seinen Vater, seine Mutter und nun auch seine geliebte Emilie verloren. Ich musste zusehen, wie der Gute an seinem Elend schier zugrunde ging. Er fing an zu trinken und zog sich immer öfter zu seinen Bienen zurück; er war nämlich leidenschaftlicher Bienenzüchter. Ich war seine Gotte und habe ihm auch manches Mal ins Gewissen geredet, aber es nützte wenig. In den Jahren nach Emilies Tod hatte er verschiedene Haushälterinnen gehabt, um zu den Kindern zu schauen. So gut ich konnte, unterstützte ich ihn mit den Kindern, aber die Mutter ersetzen konnte ich ihnen natürlich nicht.

1913 drehte sich für Gottfried das Rad wieder. Als sich eine nicht mehr ganz junge Elsässerin bei ihm im Laden vorstellte, stellte er diese kurzentschlossen ein. Ich mag mich noch gut daran erinnern, wie ich sie zum ersten Mal gesehen habe. Sonderlich angezogen war sie, mit einem dunklen Leinenkleid mit einem solch hochgeschlossenen Kragen, dass ich mich fragte, wie sie das den ganzen Tag tragen konnte. Nicht nur ihre Aufmachung, auch ihr Wesen schien von strenger Natur zu sein. Helene, so hiess die Frau, trug ihr pechschwarzes Haar stets in einem Knoten und ihre Augen leuchteten intelligent, aber auch unnahbar. Sie hatte einen eigenartigen Dialekt, welcher Gottfrieds Kinder oft zum Lachen brachte. Einmal hatte Werner, der Zweitgeborene, zum Vater gesagt: «Was hast du denn für eine Ladentochter angestellt, die kann ja nicht mal Saanedütsch!» Diese Anekdote amüsierte uns auch viele Jahre später noch. Auch sonst schienen die drei Kinder die Frau zu mögen, welche sich nicht nur ums Geschäft kümmerte, wenn Gottfried bei seinen Bienen war, sondern immer öfter auch um die Kinder. So kam es eigentlich nicht überraschend, als Gottfried uns ein Jahr nach ihrer Ankunft eröffnete, er wolle Helene heiraten.

Auch ich schloss Helene mit der Zeit ins Herz. Sie war eine treue und arbeitsame Frau, welche aus einer kinderreichen Familie stammte. Sie erzählte mir, dass sie kurz vor Ausbruch des grossen Krieges aus ihrem kleinen Dorf, welches damals noch zum Deutschen Kaiserreich gehört hatte, in die Schweiz geflüchtet sei. An der Grenze habe sie den Wächtern einen Brief ihres Bruders gezeigt, welcher in Bern am Münster als Steinmetz arbeitete. So hatten diese sie durchgelassen. Viel hatte sie nicht von zu Hause mitgenommen – vielleicht hatte sie auch nie viel besessen. Ihre wertvollsten Habseligkeiten waren ein Kochbuch ihrer Mutter – sie hat oft Gugelhopf nach Elsässer Art gebacken – und ein Kreuz aus Silber. Helene war nämlich stockkatholisch, was mich zuerst sehr erschrocken hat. In ganz Gstaad sorgte dies für Aufregung, waren wir hier doch alle protestantisch, und manch einer sogar fromm.

So kam neues Leben ins Haus, obwohl wir uns alle erst an Helene gewöhnen mussten – war sie doch irgendwie fremd und hatte andere Ansichten vom Leben. Doch sie brachte das Geschäft zu neuer Blüte und auch Gottfried blühte wieder ein wenig auf. Er trank weniger und war auch wieder öfter im Geschäft anzutreffen. Bald wurde ihnen ein Bub geschenkt, welcher wiederum Gottfried (der Dritte) genannt wurde. Das Glück hatte wieder die Oberhand.

Die Eisenwarenhandlung von Neffe Gottfried im neuen Haus. Er steht links, daneben sein Sohn Gottfried III. und seine Frau Helene. Foto 1921.

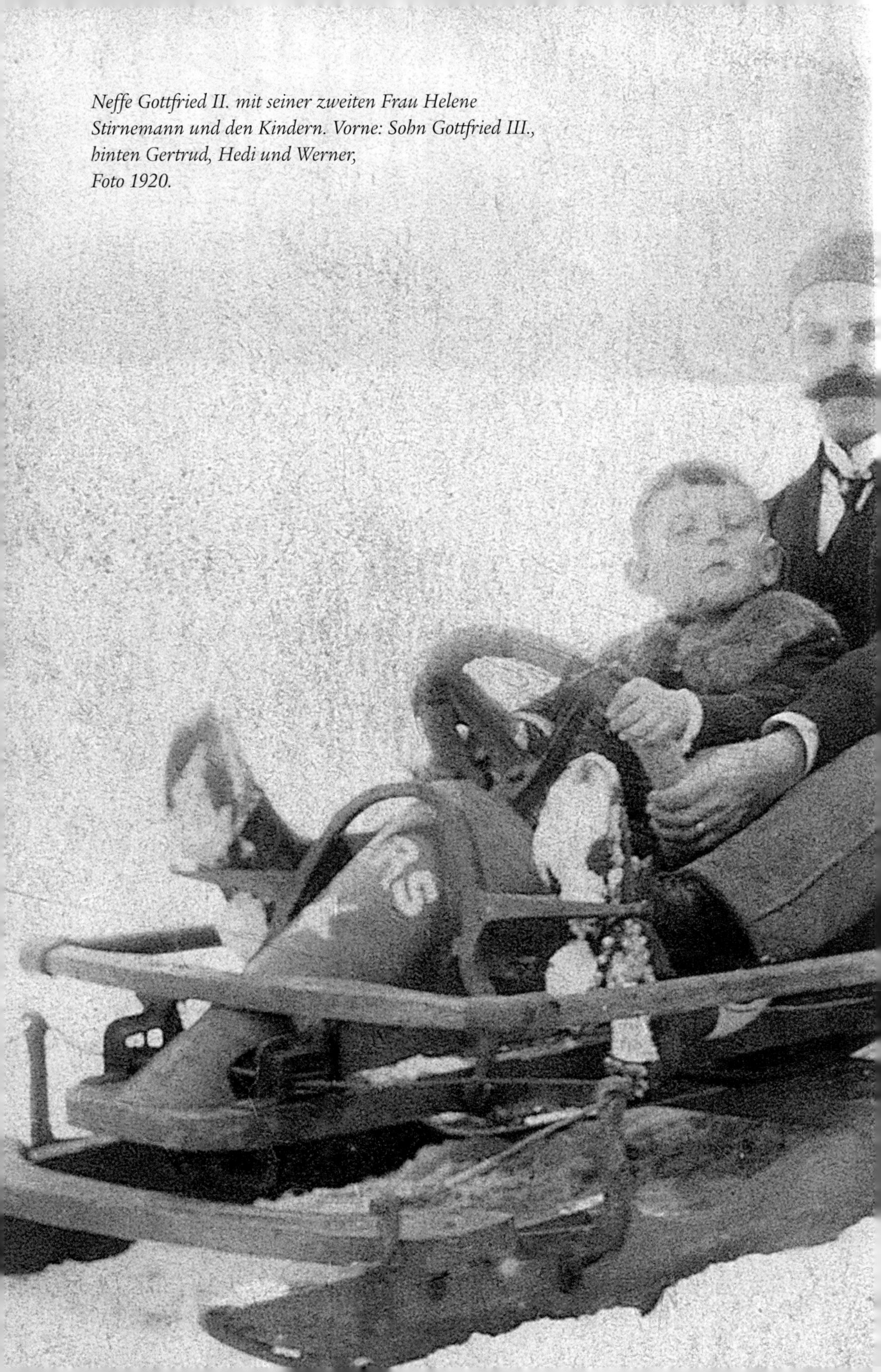

Neffe Gottfried II. mit seiner zweiten Frau Helene Stirnemann und den Kindern. Vorne: Sohn Gottfried III., hinten Gertrud, Hedi und Werner, Foto 1920.

Roberts Traum

Das Glück schien auch Robert hold zu sein. Stets war er voller Tatendrang und ist oft mit neuen Plänen und Ideen zu mir gekommen. Er schwärmte von der Zukunft, die mir oft unrealistisch vorkam. Wenn er im Dorf von seinen Visionen sprach, wurde er meist nicht verstanden und oft auch belächelt; man nannte ihn einen Spinner oder Fantasten, nur ein paar wenige sahen ihn als Visionär. Diese Anfeindungen, die Erfahrung mit dem Gstaadbrand, der Verlust seiner ersten Verlobten und die Anschuldigungen gegen meine Person haben Robert wohl stark geprägt und ihn zu einem eigenwilligen, oft schwierigen Menschen gemacht. Es schmerzte mich zuweilen, dass er solch ein Einzelgänger war. Doch brauchte er diese Einsamkeit wohl, um seiner vielen Gedanken Herr zu werden.

Robert war überzeugt von der Idee vom Bau eines Luxushotels, eines «Palace». Er hatte auch klare Ideen, wie und wo man dieses Hotel würde bauen können. Tatsächlich hatte Robert bereits kurz nach der Ankunft der Eisenbahn angefangen, kleinere Parzellen am Oberbort zu kaufen oder abzutauschen. Denn für Robert kam nur das Oberbort für den Bau seines Luxushotels in Frage, wegen der schönen Aussicht und der guten Besonnung. Er sagte, das dort gelegene Hotel Alpina rentiere bereits nach der ersten Saison; dies hat ihm grossen Mut gemacht. Schlussendlich konnte

er das letzte Stück Land, welches ihm noch fehlte, mit einem fast gleich grossen Stück Land abtauschen, welches ich im Gschwend geerbt hatte. Der Bauer sei froh gewesen, erzählte Robert mir, nun ein Stück Land zu haben, welches leichter erreichbar und einfacher zu bewirtschaften sei. Es war eine grosse Parzelle; genau auf diesem Land sollte das Palace, welches Robert in seinem Traum bereits vor sich sah, zu stehen kommen.
Im Dezember 1911 war es endlich so weit: Die Aktiengesellschaft des Palace-Hotels wurde gegründet. Robert erzählte mir, dass er an der Gründungsversammlung 70 Tage Wintersaison und 30 Tage Sommersaison prognostiziert habe. Dies schien mir dann doch etwas übertrieben. Ich habe mich aber davor gehütet, ihm dies zu sagen; wollte ich doch seine Begeisterung nicht bremsen. Seine Augen leuchteten, als er mir die Pläne zeigte. Ich erschrak gewaltig; was ich da sah, war kein Hotel, sondern ein Koloss! Acht Stockwerke hoch, mit Zinnen und Türmchen wie ein Schloss. So etwas hatte man in Gstaad wahrlich noch nie gesehen. 250 Betten solle das Hotel haben, und 90 Bäder – eine wahre Sensation zu dieser Zeit. Robert zeigte mir Zeichnungen eines riesigen Tanzsaals und einer Eingangshalle, welche um ein Vielfaches grösser war als meine Wohnung. So viel Luxus konnte sich hier im Dorf wahrlich keiner vorstellen. Kein Wunder, dass manch einer hinter unserem Rücken über Robert munkelte.
Bereits im Frühling darauf wurde mit dem Bau des Hotels begonnen. Viele Bauarbeiter kamen aus der Fremde angereist; es hatte sich herumgesprochen, dass es hier viel Arbeit gäbe. Dunkelhaarig waren sie und sahen elendig aus, mit schlechten Zähnen und einfachen Kleidern. Es seien Italiener, meinten die Leute im Dorf. Zweihundert davon seien gekommen, weil es bei ihnen so wenig Arbeit gäbe. Ich konnte mir nicht verwehren, Mitleid zu empfinden mit den Mannen, welche in einfachen Baracken hinter der Baustelle zusammengepfercht hausten. Wusste ich doch nur zu gut, was Armut bedeutet. Bilder aus Kindheitstagen kamen hoch – die schwieligen Hände meines Vaters und die abgewetzte Kleidung meiner Mutter. Wahrlich –

Armut ist etwas, was man nicht einfach abstreifen kann wie ein altes Gewand; es klebt an einem wie Harz und durchdringt einem die Seele.
Auch für Robert bedeutete der Hotelbau viel Arbeit. So sah er sich gezwungen, seine Stelle als Sekundarschullehrer aufzugeben. Zu allem hinzu hat er zur gleichen Zeit auch noch geheiratet; er war wirklich nicht zu bremsen. Für den Bau des Palace-Hotels hat er, auf der Suche nach Geldgebern, sehr viele Schreiben an einflussreiche Leute verfasst. Aline hatte mir mittlerweile Lesen und Schreiben beigebracht, doch ich fühlte mich nicht sicher genug, um selbst Briefe zu verfassen. Aber ich konnte einige von Roberts Briefen, welche er mir gezeigt hat, lesen und staunte, wie sehr er an die goldene Zukunft von Gstaad und des Hotels glaubte und seine Visionen zu Papier bringen konnte. Er war überzeugt davon, dass Gstaad der grösste Kurort der Schweiz werden würde:

> *«Als Winterkurort wird Gstaad das St. Moritz der Westschweiz und wenigstens auf die Höhe schwingen, auf der zur Stunde Adelboden, Grindelwald und Chateau d'Oex stehen»,*

schrieb er.
Den schönsten Artikel fand ich in einem Brief, welchen er dem Direktor des Hotel Balmoral in Lausanne geschrieben hatte:

> *«Es gibt Gegenden, die mit Liebreiz besonders reichlich bedacht wurden, und ein solch Stücklein Erde ist Gstaad. Denn Gstaad wird, was Wintersport anbelangt, nach Kennervorteil über die meisten anderen Kurorte siegen! Das steht fest. Nur der Umstand, dass letzten Winter über 200 Personen abgewiesen werden mussten, legt davon Zeugnis ab.»*

Das war natürlich reiner Zweckoptimismus, denn so viele Gäste hatte es vor dem Palace-Bau bei uns noch nicht gegeben, als dass man sie hätte zurückweisen müssen. Aber immerhin, er hat sein Ziel erreicht und Aktionäre für sein Hotel gefunden. Er hat sich mit seinen Äusserungen jedoch noch gesteigert. Vor der Eröffnung schrieb er gar:

> *«Die Zahl der bis zur Stunde von unseren Gstaader-Hotels zurückgewiesenen Gäste übersteigt 700.*
> *Ich denke, es ist unnötig, Ihnen Prospekte zu senden, denn Gstaad ist dermassen überfüllt von Leuten, dass wir 50 Fremde nach Gsteig haben schicken müssen.»*

Ich fand diesen Brief amüsant, war er doch masslos übertrieben. Er hat sich Gstaad ausgemalt, wie man es sich das nur in den kühnsten Träumen hätte vorstellen können. Dass sich alle seine Träume dereinst bewahrheiten würden, wagte aber damals keiner zu glauben. Und so wurde er weiterhin im Dorf mehr belächelt als bewundert.
Das Familienleben gab ihm jedoch den Halt, den er im Beruf nicht hatte. Bald wurde ihm ein Sohn geboren, der kleine Willy. Dies erfreute uns alle sehr und ich hoffte, dass Robert so etwas zur Ruhe kommen würde. Doch ich sollte mich gewaltig täuschen.

Das Palace-Hotel im Bau,
1913.

Das Palace wird eröffnet

Die Eröffnung des Palace-Hotels im Dezember 1913 war wohl die Krönung im Leben meines Sohnes Robert. Für diesen Erfolg hatte er sehr hart gearbeitet; hatte es doch viele Hürden zu überwinden und viele Kritiker und Zweifler zu überzeugen gegeben. Aber andere Leute von seinen Ideen zu begeistern, war schon immer Roberts Stärke gewesen; den harten Kopf und Kampfeswillen hatte er wohl von mir geerbt. Auf jeden Fall ist es ihm gelungen; er ist an diesem Werk auch gewachsen und die Herausforderungen haben ihn stark gemacht. Insgeheim hatte ich manchmal das Gefühl, dass diese ihn auch hatten hart werden lassen, aber ich hoffte stets, dass sich dies nun, da er eine Familie hatte, wieder legen würde.

Die Einweihungsfeier des Palace-Hotels war für Robert und seine Frau, für mich als seine Mutter und für seine Geschwister ein grosses, aufregendes, ja schier unglaubliches Ereignis. Meine Tochter Emilie ist mit ihrem Mann eigens dafür aus Bern angereist. Ich zog für diesen wichtigen Anlass mein schönstes Kleid und meinen Lieblingshut mit den roten Blumen an. Ich warf verstohlene Blicke in jeden Spiegel im Hotel – davon gab es viele! – und konnte mir etwas Stolz nicht verwehren. Seit langem war es das erste Mal, dass ich wieder ein wenig Selbstvertrauen empfand. Wenn mich nur der Direktor der Eisenbahn

Palace mit Eisbahn, Foto 1913.

Erster Prospekt des Palace-Hotels, 1913.

hätte sehen können! Wieder hörte ich seine Worte von damals: «Madame Gstaad, Sie sehen umwerfend aus!» «Mama, du fantasierst», ermahnte mich Aline streng und holte mich in die Realität zurück, meine Gedanken erratend. Sie hatte recht, aber die Erinnerung daran war trotzdem schön.

Die Hoteldirektoren, Herr Steudler und Herr Pünter hiessen sie, schienen von mir als Mutter des Palace-Erbauers beeindruckt gewesen zu sein. Sonst hätte mir Herr Pünter wohl kaum einen Platz neben sich an der grossen Bar angeboten. Ich wusste nicht so recht, wie ich mit meinem Kleid auf den hohen Barstuhl steigen sollte; so einen «unmöglichen» Stuhl hatte ich ja noch nie gesehen. Meine beiden Töchter machten sich lustig über mich, fanden sie es doch äusserst amüsant, mich dort sitzen zu sehen. Herr Pünter liess sich nicht anmerken, dass er es wohl auch lustig fand, diese einfache und doch vornehm wirkende Emilie Steffen neben sich an der Bar zu haben, welche stets den Eindruck machte, als würde sie bald vom Stuhl fallen.

Robert hat uns anschliessend das Hotel gezeigt: Die riesengrosse Küche, die Speise- und Tanzsäle und einige Zimmer. Wie nobel alles war und wie viele Leute hier arbeiteten! Wir fuhren mit dem Lift in die oberste Etage und gingen von dort hinaus auf die Dachterrasse, von wo aus sich eine überwältigend grandiose Aussicht bot. Von dort oben hielt ich Ausschau nach meinem Elternhaus in der Ramschäle und dachte mir, was würde mein Vater wohl sagen, wenn er dieses riesige Gebäude hier in Gstaad sehen könnte. Ich unterdrückte die Schwere, welche diese Gedanken mit sich brachten, und suchte unser neues Haus im Dorf, welches mir von hier oben auf einmal so klein vorkam. Wahrlich, wie weit weg nicht nur diese Häuser, sondern auch deren Geschichte und unsere kleinen Leben schienen. Dieses Hotel machte deutlich, wie sehr sich Gstaad und mein Leben doch verändert hatten in all den Jahren seit meiner Kindheit; ich konnte es selbst kaum glauben. Ich dachte an mein altes, einfaches Dorf

vor dem Brand zurück. Bereits eine Ewigkeit schien es her zu sein, und doch waren seither kaum 15 Jahre vergangen. Der Kontrast von jener Realität zu dieser war ungeheuerlich.
Zu guter Letzt habe ich mich im riesigen Palace-Keller auch noch verirrt, als ich die Toilette aufsuchen wollte. Robert ist mich suchen gekommen, nachdem ich so lange im Keller herumgeirrt bin. Ich muss völlig verwirrt ausgesehen haben, denn dies war einer der wenigen Momente, in denen ich meinen Sohn habe lauthals lachen hören. Auch die anderen haben sich über mich lustig gemacht, aber sie waren doch alle froh, dass ich wieder aus der Versenkung gekommen bin. Wir haben uns alle köstlich darüber amüsiert und sind irgendwann – es muss weit nach Mitternacht gewesen sein – glücklich ins Dorf zurückgekehrt. Dieser schöne Tag würde immer in unserer Erinnerung bleiben, haben wir uns doch alle am grossen Erfolg von Robert erfreut.

Robert Steffen (3. von links) mit Bruder Benz (2. von links) mit Portier und Hotelgästen, 1914.

Die Schule des Königs

Bald sorgte eine weitere Neuigkeit im Dorf für grosse Aufregung. Sohn Benz erzählte mir, dass er in seinem Tea-Room vernommen habe, dass das Belgische Königshaus auf dem Oberbort, gleich oberhalb vom Palace-Hotel, eine Privatschule bauen wolle. «Was? Der König von Belgien?», rief ich erstaunt. Ein König in meinem Dorf – das konnte ich nicht einordnen. Wir waren alle gwundrig[11)], ob man ihn denn jemals zu Gesicht bekommen würde. Carl Reichenbach, der wie immer alles wusste, sagte mir, dass das Institut «Marie-José» genannt werden würde, nach der Belgischen Prinzessin. Man habe in diesen unruhigen Zeiten, wo man nicht wusste, ob es in Europa bald einen Krieg geben würde, einen möglichst sicheren Ort für die Unterrichtung und Erziehung der Kinder gesucht; einen Ort, an dem es auch angenehme Wohnmöglichkeiten in luxuriösen Hotels für die Eltern gäbe, falls diese ihre Söhne und Töchter einmal dort würden besuchen wollen.

Drei Jahre später, in Europa war mittlerweile der grosse Krieg ausgebrochen, kam auch das Institut «Le Rosey» nach Gstaad. Die Besitzerfamilie, so las ich im «Anzeiger», hatte eine Möglichkeit gesucht, dem Nebel am Genfersee entfliehen zu können. Sie wollten den Winter in einer sonnigen Gegend mit Sportmöglichkeiten verbringen. Die Frau des Besitzers, Madame Carnal,

Das Internat Marie-José mit Kindern, Foto ca. 1920.

Das erste Haus des Institut Le Rosey/Carnal.
Beschriftete Postkarte von 1916.

hatte sich entschlossen, mit ein paar Schülern zu uns nach Gstaad zu reisen, um sich das hiesige Sportangebot und auch die Hotels gleich selbst anzuschauen. Sie hatte zwar anscheinend noch beabsichtigt, andere Wintersportorte aufzusuchen, um diese vergleichen zu können. Nach wenigen Tagen in Gstaad jedoch habe sie ihrem Mann mitteilen lassen, dass es unnötig sei, noch weitere Orte zu besuchen; Gstaad sei perfekt. Das jedenfalls hatte mir Robert so geschildert; er hatte Monsieur Carnal nämlich bereits bei seinem ersten Besuch in Gstaad kennengelernt. Dieser hatte sich noch persönlich von den Vorzügen Gstaads überzeugen wollen und so einige Tage im Palace-Hotel verbracht. Monsieur Carnal war von Robert begeistert und die beiden waren sich auf Anhieb sympathisch.

Robert erzählte mir, sie seien bei einem Glas Cognac an der Bar gesessen, als der Besitzer der Schule ihm eine unglaubliche Geschichte erzählt habe. Angeblich hatte Monsieur Carnal vor ein paar Jahren eine längere Reise nach Amerika geplant, um dort in verschiedenen Städten für seine Schule in der Schweiz Werbung zu machen. Er habe eine schöne Kabine auf dem neuen Luxusdampfer «Titanic» reserviert gehabt, als er die Reise im letzten Moment wegen einer schweren Mittelohrentzündung hatte absagen müssen; in diesem Zustand hätte er ja unmöglich reisen können. Robert gab Monsieur Carnal wieder, wie dieser ihm gesagt habe: «Ich glaube nicht, dass unsere Schule nach Gstaad gekommen wäre, wenn ich diese Reise angetreten hätte. Ich wäre wohl mit dem Schiff untergegangen ... Tant mieux pour Gstaad!» Robert hatte ihm entgegnet: «Ja, das Schicksal hat es mit Ihnen und mit Gstaad gut gemeint!» Darauf hatten sie nochmals einen Cognac bestellt und auf Gstaad und das Leben angestossen.

Der Nachfolger

Louise hatte grossen Erfolg mit ihrem «Hutlädeli», wie wir es nannten. Sie zog ihre Kinder ohne Hilfe selber gross und diese waren langsam erwachsen geworden. Die Sommer verbrachten die Kinder oft bei ihrer Grossmutter im Kalberhöni, wo sie kräftig auf dem Bauernbetrieb mit anpacken mussten. Karl, ihr ältester Sohn, wollte unbedingt Arzt werden. Woher dieses Interesse kam, war ihr rätselhaft, und Louise wusste nicht, wie sie eine solche Ausbildung hätte bezahlen sollen. Oft hat sie deshalb versucht, Karl diesen «Floh», wie sie es nannte, auszureden. Aber er war eigensinnig; dies sei wohl eine von Siebenthal-Eigenschaft, meinte sie oft. Unerwartet hatte Louise dann von ihrem leiblichen Vater, welchen sie nie persönlich kennengelernt hat, etwas Geld geerbt. Dies hat sie mir unter vier Augen erzählt; schliesslich sollte niemand davon erfahren. Damit konnte sie das Studium ihres Sohnes bezahlen und auch die restlichen Schulden auf ihrem Haus. Manche Leute haben sich in den darauffolgenden Jahren oft gefragt, wie sie Karl das Studium hatte finanzieren können. Ich habe jeweils keine Antwort gegeben und nur gesagt: «Schön, dass er das macht, er wird bestimmt ein guter Arzt.»
Der zweite Sohn von Louise, Adolf, war als Bub oft in meiner Backstube gewesen und hatte für ein Sackgeld mitgeholfen. Allem Anschein nach hat er damals Freude an diesem Beruf be-

Hochzeitsfoto von Adolf von Siebenthal und Martha Bach, 1914.

kommen. Er war sehr tüchtig und hatte auch ein grosses kaufmännisches Flair. Ich hingegen war müde geworden von der vielen Arbeit, und so überlegte ich mir nach meinem 66. Geburtstag, die Bäckerei zu verkaufen. Keines meiner Kinder wollte den Betrieb übernehmen, und obwohl ich dies bedauerte, verstand ich ihre Wahl. Mein Sohn Benz hatte ja mehr als genug zu tun mit seinem Tea-Room, und zwei Betriebe waren arbeitsmässig nicht möglich. So war der junge Adolf ein idealer Nachfolger, und ich vertraute ihm; schliesslich war er ja auch mein Grossneffe.
So habe ich Adolf meine Bäckerei verkauft. Louise war hocherfreut, dass ihr Sohn in Gstaad bleiben würde, erst noch gleich im Haus nebenan. Adolf war zwar erst einundzwanzig Jahre alt, hatte aber soeben die junge Martha Bach geheiratet, eine Bauerntochter aus dem Ebnit. Allem Anschein nach hat sie eine schöne Mitgift von ihrem Vater erhalten, so war es ihm möglich, mir das Haus und die Bäckerei abzukaufen. Den Erlös des Hausverkaufs habe ich dann mit meinen Kindern geteilt. Alle waren froh darum; Benz konnte so die Schulden des neu erbauten Tea-Rooms begleichen und Robert baute sich ein Haus hinter dem Palace-Hotel, welches er Chalet Viola nannte. Dies freute mich sehr, und ich war oft zu Besuch im neuen Chalet bei seiner Frau Louise und dem kleinen Willy. Jetzt hatte ich ja Zeit dafür.
Währenddessen geriet die Geschichte des Dorfbrandes langsam in Vergessenheit – wenigstens oberflächlich. Hinter vorgehaltener Hand haben die Leute aber noch lange Zeit getuschelt und so machten immer noch verschiedene Erzählungen im Dorf die Runde. Meine Person stand wie gewohnt immer wieder in deren Mittelpunkt, was mich sehr belastete. Was hatte mir diese Geschichte in all den Jahren doch an Feindschaften, Ärger und Verdruss eingebracht! Natürlich war ich als Bäckersfrau stets irgendwie das Zentrum des Dorflebens gewesen, schliesslich kamen ja alle bei mir vorbei, um Brot zu kaufen oder einfach, um das Neueste zu erfahren oder mir dies gleich selbst zu er-

zählen. Der Mensch ist aber ein gwundriges[11] Wesen, und so hatte man mich immer und immer wieder direkt nach Details der Brandgeschichte und dem Täter gefragt. Ich habe stets versucht, diese Fragen von mir wegzuschieben, so wie man einen bitteren Gifttrank von sich weist. Aber Gift findet stets einen Weg zum Herzen des Opfers, und so habe ich mich immer mehr von den Leuten zurückgezogen; gewisse Leute habe ich auch gewollt gemieden. Das hatte schlussendlich auch meinen Entschluss gestärkt, mich vom Berufsleben zurückzuziehen. Meine Seele brauchte Ruhe.

Emilie mit Schwiegertochter Louise Rieben im Chalet Viola, Foto 1918.

Die nach dem Brand neu erbauten Steinhäuser: Vorne der Dorfbrunnen, dahinter von links das Haus von Louise von Siebenthal-Raaflaub, das von Siebenthal-Steffen-Huus und das Hotel Olden, Foto 1904

Der Preis des Krieges

Mit dem Verkauf meines Geschäftshauses war die Zeit gekommen, wo ich aus unserem Haus am Gstaadplatz ausziehen musste. Mein geliebtes Heim zu verlassen, ist mir unglaublich schwergefallen. Denn hier am Gstaadplatz waren meine Kinder geboren worden, mein geliebter Mann gestorben und unser gemeinsames Heim abgebrannt. Hier hatte ich das neue Haus mit meinem Bruder erbaut, und hier hatte ich als Bäckersfrau viele Jahre hart gearbeitet und die Entwicklung des Dorfes hautnah miterlebt. Hier waren sich Leben und Tod nahe.

Mit dieser Schwere auf meiner Seele war ich froh, Aline an meiner Seite zu haben. Sie war ja immer noch ledig und lebte deshalb weiterhin mit mir. So zogen wir zusammen in die Dachwohnung des neuen Tea-Room Steffen meines Sohnes Benz neben der Eisbahn. Dort hatten wir auch einen Balkon mit Aussicht, im Winter auf die Eisbahn, im Sommer auf die grosse Matte. Diese Aussicht, und nun auch ein eigenes Badezimmer, hatten wir im Haus am Gstaadplatz nicht gehabt. So ging es uns gut und wir waren zufrieden. Ich war natürlich auch sehr stolz, dass das Tea-Room den Namen Steffen trug; wie stolz mein Mann, der liebe Benz selig, gewesen wäre!

Die Eisbahn und Eisenbahnbrücke,
Foto ca. 1910.

Sohn Benz und seine Frau hatten drei Kinder, Liseli, Konrad und Margrit, genannt «Märggi». Diese kamen oft zu mir in die Wohnung hinauf; das gab mir eine schöne Abwechslung. Sie hörten mir interessiert zu, wenn ich ihnen Geschichten aus dem alten Gstaad und vom Dorfbrand erzählte. Sie schauten mich dann immer ungläubig an und wollten die Erzählungen immer wieder hören. Die Geschichte der Brandstiftung liess ich dabei aber stets aus.

Diese glücklichen Momente wurden jedoch überschattet von den Sorgen, welche Robert zu tragen hatte. Dabei hatte alles mit dem Palace-Hotel genauso vielversprechend angefangen, wie sich Robert dies vorgestellt hatte. Das Hotel war im ersten Winter voll besetzt gewesen und die Wintersportanlässe, welche Robert ins Leben gerufen hatte, waren sehr erfolgreich gewesen. Aber dann, als im Juli 1914 der grosse Krieg ausbrach, sind die Gäste Hals über Kopf abgereist; es herrschte grosse Unsicherheit und Angst. So musste Robert viele Angestellte entlassen und das Hotelsekretariat wieder selbst übernehmen, um Lohnkosten zu sparen. Er hat sich dann sogar wieder an der Sekundarschule als Lehrer bewerben müssen, weil er dringend Geld brauchte.

Robert hat durch den Krieg, welcher rund um die Schweiz tobte, sehr viel Geld verloren. Die Palace-Aktien wurden alsbald auf null abgeschrieben. Er hatte immerhin neunundsechzig Aktien besessen und dieser Verlust hat ihn fast in den Ruin getrieben. Er sah sich genötigt, ein paar der schönen Bauparzellen auf dem Oberbort neben dem Hotel zu verkaufen; dies zu einem Spottpreis, um in dieser schwierigen Zeit überhaupt Käufer finden zu können. Die Zwahlen-Reichenbach-Matte hat er auch alsbald verkaufen müssen. Um sich und seine kleine Familie über Wasser zu halten, hat er eine kleine Parzelle der Matte zurückgemietet, um dort zwei Kühe halten zu können. Den Pachtzins konnte er aber nicht bezahlen und so hat er diesen mit zwei Palace-Aktien beglichen. Irgendwann hat Robert dann die Hoffnung auf eine rosige Zukunft des Palace-Hotels, und wohl auch an sich selbst, aufgegeben.

Lebensabend

So wurde Robert plötzlich sehr krank. Alsbald wurde Magenkrebs bei ihm diagnostiziert und so musste er die Tätigkeit im Hotel sowie seine Stelle als Sekundarschullehrer aufgeben. Ich machte mir grosse Sorgen um ihn und war überzeugt, dass er wegen der Sorgen ums Palace-Hotel krank geworden war. Er wurde bald bettlägerig und hat in kurzer Zeit viel Gewicht verloren, war aber immer gut versorgt von seiner lieben Frau und seinem Sohn Willy. Er konnte mich nun nicht mehr besuchen, da er dafür zu schwach geworden war. Doktor Reber hat mir angeboten, mich jeweils mit seinem Auto – er war einer der wenigen im Dorf, die eines besassen – zu Robert ans Oberbort mitzunehmen. So habe ich ihn noch einige Male besuchen können, bevor auch ich keine Kraft mehr dafür fand.

Auch hatte mich die Nachricht des Todes meines geliebten Bruders Charles erreicht. Ich war nunmehr zu schwach, um die beschwerliche Reise nach Genf auf mich zu nehmen, sodass ich im Stillen Abschied von ihm genommen habe. In dieser Zeit hat meine liebe Freundin Louise mich oft besucht, obwohl sie mit ihrem Schneideratelier und Modistengeschäft, wie sie es nun nannte, viel Arbeit hatte. Louise hatte noch immer ihren wachen Geist und war stets interessiert am Dorfleben. Jedes Mal erzählte sie mir das Neueste, wer mit wem und was man sonst noch so

hörte. Ich schätzte mich glücklich, eine derart liebe und verständnisvolle Freundin zu haben. Sie trug stets ihren gewohnten schwarzen Hut, der oben flach und mit einem beigefarbenen Band verziert war. Sie nannte ihn «meinen Trocadero», in Erinnerung an ihre Lehrzeit in Paris. Oft brachte sie mir eine Flasche Wasser mit, welches sie am «Herrgottsbrünneli», wie sie es nannte, abgefüllt hatte. «Du musst es trinken und auch einreiben», sagte sie jeweils resolut zu mir, «das wird dir guttun!» Das Wasser floss aus einer Quelle im Wäldli vor dem Palace-Hotel, und sie glaubte, wie andere Dorfbewohner auch, an dessen heilende Wirkung. Bei ihren Besuchen schwelgten wir auch oft in den Erinnerungen der zusammen erlebten vergangenen Tage, welche weiss Gott nicht immer einfach gewesen waren. Das schwere Leben mit all den Schicksalsschlägen hatte uns beide zu starken Persönlichkeiten werden lassen und uns zusammengeschweisst.
Mit der Zeit schlich sich mit den Sorgen um Robert die Krankheit auch in mich. Doktor Reber sagte, er wisse nicht, was mir fehle; ich wollte es auch gar nicht wissen. Wenn der Geist keine Kraft mehr hat, weicht diese alsbald auch aus dem Körper. Ich konnte das Haus irgendwann nicht mehr verlassen. So sass ich jeden Tag nach dem Mittagessen in einem Lehnstuhl auf dem Balkon. Doch die Sonne vermochte es nicht mehr, mich zu erwärmen. Es war, als hinge nun ein düsterer Schatten über mir wie ein Vorbote des Todes.

Alt und müde

Nun bin ich alt und müde geworden. Im Spiegel sehe ich nunmehr eine Frau in vorgerückten Jahren, in deren Gesicht schwere Erfahrungen ihre Furchen eingegraben haben. Dieser Tage denke ich an mein interessantes, aber oft auch trauriges Leben zurück. Meine Gedanken schweifen zurück in meine Kindheit und zu meinen Eltern. Ich sehe, wie die Armut und die Jahre in der Fremde mich gefordert und geprägt, mir aber doch auch Stärke und Unabhängigkeit verliehen haben. Auch an meinen lieben Benz denke ich jetzt oft. Er, der viel zu früh von mir gegangen ist, ist nun immer präsenter in meinen Gedanken; als würde ich ihm stetig näher kommen.
Die Erinnerung an die Höllennacht hingegen verblasst jeden Tag mehr. Ich will nicht mehr daran zurückdenken, denn der verheerende Dorfbrand hat uns alles genommen und mich verbittert und oft auch einsam gemacht. Die Anfeindungen und bösen Gerüchte sind nunmehr eine blasse Erinnerung, welche, einem bösen Traum gleich, im Tageslicht entschwindet.
Oft, wenn ich nun die Eisenbahn über das grosse Viadukt rattern höre, kommt mir der sonnige Tag der Einweihung der MOB in den Sinn, als mir der Direktor der Eisenbahngesellschaft die Hand geküsst und mich «Madame Gstaad» genannt hat. In der Tat, ich habe vieles in meinem Dorf miterlebt und mitgeprägt,

auch durch meine Kinder. Ich bin stolz auf das, was ich erschaffen habe, und glücklich, wie gut meine Kinder ihr Leben meistern. Auch meine sechs Grosskinder machen mich stolz und glücklich.
Nun sind meine Augen müde, meine Hände zittern und meine Seele ist bereit, zurückzugehen. Dahin, wo viele meiner Lieben und meiner Weggefährten mir vorausgegangen sind. Das Leben hat mir sehr viel gegeben, aber auch viel genommen. Ich habe für meine Kinder gelebt, aber auch für «mein» Gstaad. Sie waren mein ganzes Leben.

Gstaad ist in mir und ich in Gstaad.
Ein Stück meiner Seele wird immer hier bleiben, das fühle ich.

Emilie Steffen-von Siebenthal,
Foto 1908.

HOTEL
VICTORIA
GRAND-MAGAZIN
SPORT
Fussweg nach
Grand Hotel Alpina

NACHWORT

Emilie Steffen-von Siebenthal ist am 23. März 1922 im Alter von 76 Jahren gestorben.

Emilies Sohn Robert Steffen ist nur ein Jahr später, erst 44-jährig, seinem Krebsleiden erlegen. Als seine Frau Louise Rieben 1927 ebenfalls verstarb, wurde ihr Sohn Willy Steffen mit nur 14 Jahren zum Vollwaisen. Im reiferen Alter hat er sich mit Frau Irma Fricker vermählt; die Ehe ist kinderlos geblieben. Willy Steffen ist im Jahre 1979 im Alter von 66 Jahren verstorben.

Emilies Tochter Aline Steffen ist ihr Leben lang ledig geblieben und hat bis zu ihrer Pensionierung in der Dorfschule unterrichtet. Sie ist 1972 gestorben.

Bruder Albert «Magnüssi» von Siebenthal ist ebenfalls ledig geblieben und 1939 gestorben. Schwester Sophie «Söfeli» von Siebenthal ist 1924 63-jährig gestorben.

Emilies Grosstochter Margrit Feldmann-Beck (1902–1998) ist in Bern aufgewachsen und war als Kind oft bei ihrer Grossmutter zu Besuch. Sie hat im hohen Alter den Autor kennengelernt und ihm die Geschichte ihrer Grossmutter und des Gstaadbrandes erzählt. Dank ihr ist die Geschichte von Emilie nicht vergessen gegangen.

Hutmacherin Louise von Siebenthal-Raaflaub hat ihr Schneideratelier und ihren Hutladen noch bis in die 1930er-Jahre betrieben. Sie lebte bis an ihr Lebensende in ihrem Haus am

Gstaadplatz, wo sie im Jahr 1961 im hohen Alter von 93 Jahren gestorben ist. Sie war damals die älteste Dorfbewohnerin und die einzige Urgrossmutter im Dorf.
Gstaad hat seit den 1920er-Jahren eine rasante Entwicklung erlebt und ist vom ehemaligen armen Weiler zum weltbekannten Kurort geworden. Das Palace-Hotel, welches Emilies Sohn Robert Steffen erträumt und erbaut hat, ist zum Wahrzeichen Gstaads geworden.
Die allgemeine Schulpflicht wurde ab 1874 in der ganzen Schweiz durchgesetzt. Das Stimmrecht erlangten die Frauen im Kanton Bern gleichzeitig wie das nationale Stimmrecht im Jahre 1971.

GLOSSAR

1) mongoloid
Damals wurden Menschen mit Trisomie 21 so genannt

2) Nuster
Traditionelles, eng anliegendes Halskettchen aus kleinen Granatsteinchen mit emailliertem Verschluss

3) Chittel
Anzugsjacke

4) dorfen
Sich Neuigkeiten erzählen

5) Weggli
Kleines Brötchen

6) Schopf
Einfache Holzscheune

7) z'millebrigge gehen
Zu Bruch gehen (vom Französischen; im Sinne von in tausend Stücke zerbrechen)

8) Cheseri
Käserei

9) 36 US-Dollar
Entsprachen damals etwa zwei Monatslöhnen eines Landarbeiters in Kentucky, USA

10) schints
Anscheinend

11) gwundrig
Neugierig

12) frävlen
Wildern

WEITERFÜHRENDE LITERATUR

Gottfried von Siebenthal: Gstaad – Der Weg zum Weltkurort.
Weber Verlag, Gwatt/Thun 2018. ISBN 978-3-03818-172-9

Gottfried von Siebenthal: Gstaad – eine Reise in die Vergangenheit, Vol. 2.
Eigenverlag, Gstaad 2007. ISBN 978-3-907041-27-7

DANK

Ich möchte von Herzen allen Personen danken, welche mir in all den Jahren Geschichten erzählt und mir Fotos oder Postkarten gegeben haben. Es sind zu viele, als dass ich alle aufzählen könnte.

Ein besonderer Dank geht an meine Frau Käthi, welche mir seit Jahrzehnten geduldig beim Erzählen der Gstaader Geschichten zuhört und meine beste Beraterin ist. Auch meiner Tochter Andrea ein grosses Dankeschön für die intensive Zusammenarbeit an diesem Buch.

Danke tausend Mal!

Gottfried von Siebenthal-Imhof
Im Jahre 2022

GOTTFRIED VON SIEBENTHAL

Gottfried von Siebenthal (der IV.) ist im Jahre 1946 im elterlichen Haus am Gstaadplatz geboren. Als langjähriger Geschäftsmann im Familienunternehmen und Gemeindepolitiker hat er die Geschichte Gstaads miterlebt und entscheidend mitgeprägt. Seit Kindertagen sammelt der Lokalhistoriker leidenschaftlich alte Fotos und Geschichten aus «seinem» Dorf. Daraus sind drei reich bebilderte Bücher über die Geschichte von Gstaad entstanden, welche in mehrere Sprachen übersetzt worden sind. Gottfried von Siebenthal und seine Frau Katharina Imhof aus Liestal haben vier Kinder und neun Grosskinder.

ANDREA VON SIEBENTHAL

Andrea von Siebenthal ist 1979 als zweites Kind von Gottfried und Katharina von Siebenthal in Saanen geboren. Sie besitzt einen Master in Journalistischer Kriegsberichterstattung und hat als Journalistin und Fernsehmoderatorin gearbeitet, bevor sie mehrere Jahre die Kommunikation einer internationalen humanitären Organisation in Genf leitete. Andrea von Siebenthal arbeitet heute als Dokumentarfilmerin, Kommunikationsberaterin und Übersetzerin. Sie hat zwei erwachsene Töchter.

Impressum

Text und Konzept: Gottfried und Andrea von Siebenthal
Autorenfotos: Raphael Faux

Weber Verlag AG
Illustration, Gestaltung und Satz: Sonja Berger
Bildbearbeitung: Adrian Aellig, Sonja Berger
Lektorat: Madeleine Hadorn
Korrektorat: Heinz Zürcher, Steffisburg

myclimate neutral Drucksache
No. 01-12-409142 – www.myclimate.org
© myclimate – The Climate Protection Partnership

Der Weber Verlag wird vom Bundesamt für Kultur mit einem Strukturbeitrag für die Jahre 2021–2024 unterstützt.

ISBN 978-3-03818-407-2

www.weberverlag.ch

BILDLEGENDEN

Vorsatz/Seite 1:
Emilie mit ihrer Familie. Von links: Schwiegertochter Louise Rieben, Sohn Robert, Protagonistin Emilie, Schwiegersohn Walter Beck, Grosstochter Blanche, Tochter Emilie, Sohn Ernst, Grosstochter Margrit, Sohn Benz, Tochter Aline. Foto ca. 1910.

Seite 4 und Seite 12:
Ältestes Foto von Gstaad, ca. 1875. (Ausschnitte)

Seite 176:
Gstaad, 1911.

Gegenüber:
Alignementsplan von Gstaad mit abgebrannten und neuen Gebäuden, 1898.

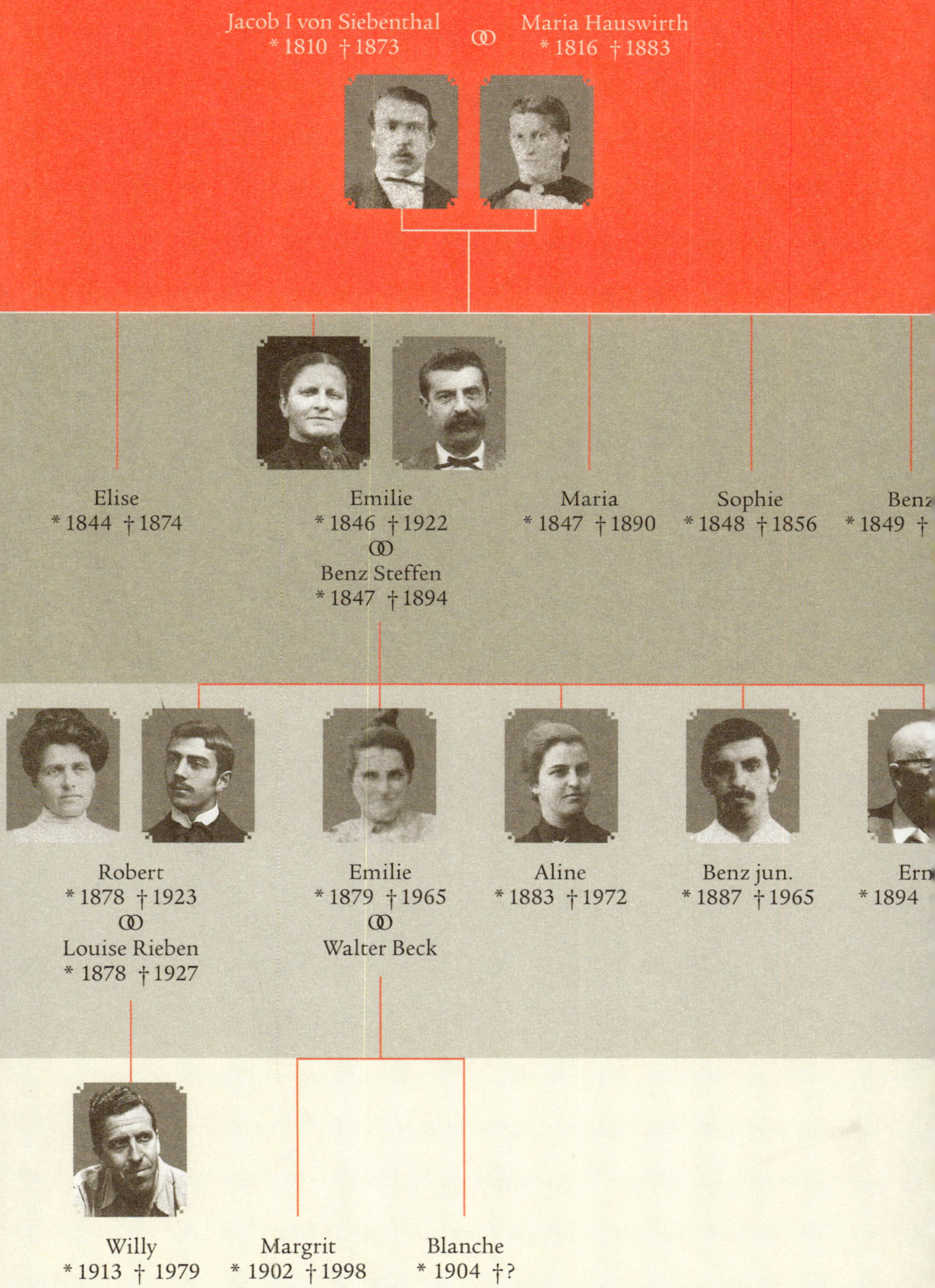
Jacob I von Siebenthal
* 1810 † 1873
Maria Hauswirth
* 1816 † 1883
Elise
* 1844 † 1874
Emilie
* 1846 † 1922
Benz Steffen
* 1847 † 1894
Maria
* 1847 † 1890
Sophie
* 1848 † 1856
Benz
* 1849 †
Robert
* 1878 † 1923
Louise Rieben
* 1878 † 1927
Emilie
* 1879 † 1965
Walter Beck
Aline
* 1883 † 1972
Benz jun.
* 1887 † 1965
Ern
* 1894
Willy
* 1913 † 1979
Margrit
* 1902 † 1998
Blanche
* 1904 † ?

Abgebrante Häuser
stehen gebliebene Wohnhäuser
stehen gebliebene Oekonomiegebäude
Neubauten, seit dem Brande erstellt
neues Baualignement
Schulhaus
Michelhuus
gler-Perreten
Kapelle
Schulhaus
Spittelscheune
staad bei Saanen
lignementsplan
1898

Abgebrannte Häuser

stehen gebliebene Häuser

stehen gebliebene Ökonomiegebäude

Neubauten, seit dem Brand erstellt

neues Baualignement

Stammbaum

FAMILIE VON SIEBENTHAL

Jakob II «Kobi»
* 1840 † 1919
⚭
Katharina Zwahlen
* 1837 † 1915

Gottfried I
* 1841 † 1903
⚭
Louise Steffen
* 1846 † 1904

Karl
* 1843 † 1917
⚭
Marie-Jeanne
Toussaint

Jakob III «Kobi»
* 1870 † 1896
⚭
Louise Raaflaub
* 1868 † 1961

Elise
«Kobis Elise»
* 1880 † 1947

Gottfried II
* 1874 † 1946
1. Ehe O†O Emilie Reuteler
* 1884 † 1910
2. Ehe ⚭ Helene Stirnemann
* 1884 † 1969

Karl
* 1891 † 1954

Sarah
* 1892 † 1968

Adolf
* 1893 † 1963

Louise
* 1894 † ?

Lina
* 1895 † 1987